Meera Nigam

Invincible Publishers

First published in India in 2019

ISBN : 978-938-8333-41-2

Invincible Publishers

201A, SAS Tower, Sector 38, Gurgaon-122003

Registered Address: Opposite Kasturba Ashram,
Radaur, Haryana–135133

Printed at Thomson Press (India) LTD

प्राक्कथन

मीरा निगम जी की कहानियों के तमाम पात्र ऐसे हैं जो कहीं न कहीं हमसे जुड़े हैं, या हमारा प्रतिबिंब ही हैं। प्रतिबिंब कहानी से शुरु होकर इंटरनेट की दुनिया तक लेखिका हमें संबंधों की दुनिया का बेहतरीन और रोचक सफर कराती हैं। ऐसा लगता है इन कहानियों ने अपने आपको स्वयं लिखा है, बिना किसी लेखकीय हस्तक्षेप के। मैं लेखिका को साधुवाद देता हूँ,साथ ही यह कामना भी करता हूँ कि वे आने वाली अपनी कहानियों में अभी तक अनछुए रह गए जीवन के विभिन्न विदग्ध प्रसंगों को उनकी विविधता और जटिलता में भी छुएँ। ख़ुशी है कि संभावनाओं के अनेक द्वार खुलते नज़र आए हैं। इन कहानियों में स्त्री और उसके आसपास की दुनिया है।घटनाप्रधान न होकर ये हानियाँ अपने समय में मनुष्य के बेहतर तरीके से साँस लेने की उत्कंठा की कहानियाँ हैं। कहानियों के ताने-बाने में ऐसे अनेक संकेत हैं जो आज के जीवन में उपस्थित संकटों की ओर इशारा करते हैं। कहीं मालिश करने वाली स्त्री के प्रति संदेह पैदा होता है,तो कहीं सब्जी बेचने वाले के प्रति सजग रहने की हिदायतें हैं। लेकिन उल्लेखनीय बात यह है कि इन मेहनतकश लोगों को कहीं भी निष्कर्षतः छोटा नहीं किया गया है।इनके जीवन की गतिशीलता ही लक्षित हुई है। कहानी लेखिका ने समस्याओं को उठाकर छोड़ भर नहीं दिया बल्कि उनके समाधान भी जुटते दिखाए हैं।और वे भी नितांत साधारण किरदारों की कोशिशें में। ये पेज थ्री की कहानियाँ नहीं हैं,और न ही कोई स्वप्नलोक बुना गया है। मैं इस संग्रह की कहानियों के संसार को बहुतायत में सादगी से बुना सादगी का संसार मानता हूँ।हाँ! प्रतिबिंब कहानी ने मुझे भी बहुत चौंकाया, और यह चौंकना बेहद सुखद था। आज परिवारिक विघटन पर बहुत लिखा जा रहा है।लेखिका ने परिवार के बीच की भौगोलिक दूरी को केवल भौतिक दूरी के रूप में देखा है, उनको इंटरनेट के ज़रिए होने वाले संवाद में रिश्तों की हरियाली नज़र आती है। मैं लेखिका की दृष्टि की इस सकारात्मकता को अतुल्य मान रहा हूँ। यह लेखिका का पहला कहानी संग्रह है, बेशक संग्रह की कहानियाँ विभिन्न पत्र-पत्रिकाओं में छपकर

अपने लिए जगह बना चुकी हैं। शेष, आप पाठकों की स्वतंत्र प्रतिक्रिया और रसास्वादन के लिए छोड़ता हूँ।

त्रिलोक कौशिक

618 ए, सैक्टर 45, गुरुग्राम।

विषय सूची

प्रथम कविता अपनी माँ के नाम समर्पित

विदाई के समय आ कर मेरी माँ,

मुझसे कुछ यूँ बोली।

अपनी दहलीज़ से जाने के पहले,

मैं अपनी धरोहर तुझे देती हूँ।

सोच कर हाँ करना मेरी बेटी,

ये गहने नहीं है, जो खो के फिर बना लोगी।

ये 'संस्कार' हैं बेटी, "मेरी माँ " के दिये।

"सँजो के रखना" तुम अब इसे,

जिन्दगी गुज़र गई
मेरी संजोने में।

चुप रही देखती कुछ देर माँ की आँखों में,

लिपट के उससे मेरे आसुओं ने भी हाँ कर दी।

प्रतिबिम्ब

बात वर्ष २००० के आस-पास की है, मेरे निकट के परिवार में सगाई थी।

वर - वधू पक्ष दोनों ही हम लोगों के परिचित थे और संयोगवश शादी भी हम लोगों ने ही तय करवाई थी। दोनों ओर से निमंत्रण भी था, अतः दोनों पक्ष से एक ही स्थान पर मुलाकात हो गई। जहाँ मैं बैठी थी, वहां मेरे पास, एक हम उम्र स्त्री आकर बैठ गई।शायद, लोगों के मध्य होने वाली कुछ चर्चाओं से उसे अहसास होगया था, कि मैं दोनों पक्षों को जानती हूँ।

उसने मुझसे पूछा - क्या आप दोनों लोगों को जानती हैं?

मैं बोली- हाँ।

वह बोली-वर पक्ष से आपका क्या रिश्ता है?

मैं बोली- वर का बड़ा भाई मेरे बेटे का मित्र है।

वह बोली- और कन्या पक्ष से?

मैं बोली- कन्या के पिता से हम लोगों की मित्रता है।

वह बोली-आप कहाँ रहती हैं?

मैं बोली- काकादेव में।

वह बोली-आप क्या कानपुर की ही रहने वाली हैं?

मैं बोली- हाँ।मायका कहाँ है?उसने पूछा

मैंने कहा सीसामऊ।

वह बोली मैं भी सीसामऊ की हूँ,तब तो आप

मेरे भाइयों को जरूर जानती होंगी?

मैं उत्सुकतावश वश बस उसकी ओर देखने लगी।

उसने फिर कहा, मेरे एक भाई डाक्टर हैं,उनका नाम भरत है।

मैंने कहा- हो सकता है, वैसे मैं कुछ समझ नहीं पा रही थी।

मैंने कहा, देख कर शायद पहचान लूँ।

वह बोली, मेरे एक भाई कनाडा में थे। उन्हें तो आप जरूर जानती होंगी।

मैंने पूछा- नाम क्या है?

वह बोली- विनीत चन्द्र।

अब मैं असमंजस में थी, सोचने लगी

यह कैसा योगानुयोग है? विनीत चन्द्र कनाडा में और भरत चन्द्र डॉक्टर, मेरे भी भाई हैं,

हैरत से मैं उसकी ओर देखने लगी।

उसने मुझे अपनी ओर देखते रहने को समझा कि, मैं उससे प्रभावित

हो रही हूँ। उसने अपनी बातों का क्रम जारी रखा और बताने लगी- रायबरेली में मेरी गढ़ी है।

उसकी बातों से मुझे ऐसा प्रतीत होने लगा कि अन्य से नहीं अपने प्रतिबिम्ब से वार्तालाप कर रही हूँ।

मैं हैरान हो सोचने लगी, मेरा सीसामऊ क्या छूटा, मेरा अस्तित्व ही वहाँ से गुम हो गया।

मैं उससे बोली, मेरे भाइयों में, सबसे बडे भाई विनीत चन्द्र कनाडा जब गये थे, तब मैं छोटी थी और तब से लेकर आज तक इस नाम का दूसरा कोई व्यक्ति मेरे मुहल्ले से कनाडा गया ऐसा कभी नहीं सुना।

मेरे सबसे छोटे भाई भरत चंद्र डॉक्टर हैं और भरत नाम का डाक्टर मेरे मुहल्ले से दूसरा हुआ हो, मैंने आज तक नहीं सुना।

असलियत खुलते देख, वह धीरे से बोली - क्या आप ही मीना है?

मैं बोली- हाँ।

वह बोली- असल में आप की माँ को मैं मौसी कहती थी,इसी लिए उनके बेटों को मैं भाई मानती हूँ।

बताइये, मैं और आप बहने हैं, लेकिन पहचान नहीं पाए।

आपके बारे में सुनते थे,पर मिले आज।

यह कह कर उसने भ्रम दूर किया।

मैंने मन में सोचा कि गनीमत है इन्होंने मेरे उनको(पति देव) को बख्श दिया।

मृग मारीचिका

लोगों के मध्य जी. एस. टी. लागू होने के बाद सामान सस्ता हो जाएग,यह सुन आशा को बहुत अच्छा लगता था। जी. एस. टी लागू हो जाने के बाद उसको नज़ारा ही सब उलट-पलट दिख रहा था।

इसकी त्रासदी को वह मुझसे साझा करने लगी।

आशा ने बताया," उसकी कालोनी में रहने वालों की सुविधा के लिये एक पार्लर खोला गया है, बच्चे,बूढ़े और जवान सबकी जरूरतों की आपूर्ती कालोनी के अंदर ही होने लगी है"।

आशा ने मुझसे कहा," मेरी आयु में मालिश" फिजियोथेरेपी" का काम करता है"। सबको आराम हो गया है। जी. एस. टी. लागू हो जाने के बाद पार्लर की प्रबंधक ने आशा से कहा, मैडम जी. एस. टी. नंबर मिल जाने के बाद 18% दाम बढ़ जायेंगे"।

आशा बोलीं," सुना था जी. एस. टी के बाद सब सस्ता होगा। आप तो बढ़ा रही हैं"?

पार्लर की संचालिका बोली, नहीं मैडम जी. एस. टी. नम्बर आ जाने दीजिये, तब मैं दिखा दूँगी। क्या करूँ बढ़ाना मेरी मजबूरी है।

आशा एक दिन सामान रखने के लिए एक लकड़ी की अलमारी बनाने का ऑर्डर देने गई," दुकान मालिक ने कहा," आपको मैं इस अलमारी के जो दाम बताउगा उसमें 18% जी. एस. टी. के लगेंगे।

"आशा ने पूछा, क्यों"?

दुकान मलिक बोला, जी. एस. टी. लागू होने वाला है, यदि जी. एस. टी. आ जायेगा तब 18% रेट आप को अधिक देना होगा, नहीं तो जो रेट मैं आज बता रहा हूं वही दीजियेगा"।

ग्राहक को बताना मेरा फर्ज है, जिससे बाद में आप न कहें कि तुम अधिक क्यों वसूल रहे हो, पहले बताया क्यों नहीं?

उसकी बात सुन आशा चुप रह गई।

आशा एक दिन, होटल में खाना खाने गई, वहाँ पर भी 18% जी. एस. टी. के उसके बिल में अलग जोड़ दिए।आशा ने होटल प्रबंधक को बुलाकर पूछा," तुमने GST क्यों जोड़ी है, क्या इसमें भी लगना चालू हो गई?

वह बोला" हाँ, कहिये तो मैं आपको दिखा दूँ"।

रहने दो,आशा बोली। मन ही मन,सोचने लगी अजीब बात है, खाने में भी जी. एस. टी. ने 18% मँहगाई बढ़ा दी।

आशा के बाथरूम का टॉवल रॉड खराब हो गया था तो वह नया रॉड खरीदने गई।

दुकानदार ने उसका बिल बनाने से पहले उसका कहा. आन्टी इस बार आपको रेट के साध जी. एस. टी. जोड़ के पेमेंट देना होगा।

क्यों?" हमको अधिक क्यों देना होगा"? आशा ने पूछा।

उसने बताया, मैं जो भी सामन बेचूँगा उसमें 18% जी. एस. टी. के लगाना आवश्यक है।

आशा ने दुकानदार से प्रश्न किया," मैं अब तक सुनती आई हूँ,सामान सस्ता होगा, मैं देख रही हूं कि अब मुझे अधिक देना पड़ रहा है"।

उसने बताया, अगर ग्राहक भी अपना जी. एस. टी. नंबर बनवा ले तब दुकनदार बिल पर दोनों का नंबर डाल देगा, तब ग्राहक को उसका पैसा वापस मिलेगा।

आशा ने उत्सुकता वश पूछा, कब?

उसी समय?

वह बोला," नहीं आन्टी, जब मैं जी. एस. टी. रिटर्न फाइल फिर वह करूंगा जमा हो जाएगा, उसके बाद"।

दुकानदार और आशा के मध्य वार्तालाप से निकलकर बात जो सामने आई, उससे आशा समझ गई, बोली," तुम्हारा कहने का तात्पर्य है कि, पहले एक जी. एस. टी. का वकील ढूढ़ूँ जो मेरे लिए जी. एस. टी. नम्बर लाए।

वह वकील मेरे कैश मेमो को देखे और बताए, किसमें कितना वापस मिलेगा और किसमें नहीं।

बिलों की छँटाई के बाद महीने में चार बार रिटर्न फाइल करे।

"जी. एस. टी. में फायदा ढूँढने का बार-बार मैं प्रयास करती हूं, परन्तु निराशा व मँहगाई ही पल्ले पड़ रही है"।

आशा सोचने लगी, मैं पहले अपना पैसा दुकनदार के पास फँसाऊँ, उसके बाद अपना पैसा वापस पाने के लिए फिर दोबारा वकील पर पैसा खर्च करूँ, साथ ही साथ सामय की भी बरबादी करूँ?

जी. एस. टी. को मैं क्या नाम दूँ?

"मँहगाई का दंश" या सस्ता हो जाएगा की "मृगमारीचिका"।

अनाम रिश्ते

सामान्यतः शहरों के मुहल्लों मे विभिन्न सामानों को बेचने के लिये फेरी वाले आते हैं, जिसमें सब्जी वाले भी होते हैं।

एक सब्ज़ी वाले की सब्ज़ी हरी व ताज़ी होने के कारण,

मोहल्ले की स्त्रियाँ अधिकतर उसी से सब्जियाँ लेती थीं जिसमें मान्या भी थी। वह भी पहचान गया था कौन-कौन उसी से सब्जी लेती हैं। अतः जब कोई उसकी आवाज़ नही सुन पाता था तो वह उस घर के सामने खड़ा होकर आवाज़ लगाता था" मेम साहब सब्जी नहीं लेनी है"।

मध्यमवर्गीय इस मुहल्ले में रहने बाले की संपन्नता मुख्यत: उनके द्वारा बच्चों की शिक्षा पर ध्यान देने एवं तदोपरान्त बच्चों की अच्छे वेतन पर नौकरी पाने के कारण थी। जिसकी चर्चा गाहे-बगाहे स्त्रियों के मध्य भी होती रहती थी।

आ.ई.टी. प्रवेश परीक्षा,जे. ई. ई. का रिजल्ट आ गया था। जिसकी परीक्षा में मान्या का बेटा पवन भी बैठा था। मोहल्ले की अधिकाँश स्त्रियों को भी मन्या के बेटे पवन का क्या परिणाम रहा यह जानने की जिज्ञासा थी। जैसे ही मान्या सब्जी लेने नीचे गई, मिसेज़ कादम्बरी ने एक दम से पूछा" भाभी जी आप के पवन का क्या रिज़ल्ट रहा?"

मान्या ने बताया कि" वह सेलेक्ट हो गया।

"मिसेज कादम्बरी ने फिर कौतूहल से पूछा," कहाँ की सीट मिली"

मान्या ने कहा" कानपुर"।

यह सुन कर मिसेज़ कादम्बरी ने स्वयं ही प्रत्योतर दिया," तब तो स्कोर भी बहुत अच्छा आया होगा।"

मान्या ने भी मुस्कुराते हुए सिर हिला कर स्वीकृति दी।

बातों को बढ़ाते हुए मिसेज कादम्बरी ने पूछा" आपका बेटा सौरभ भी तो आई. आई. टी. कानपुर में एम. टेक. कर रहा है, सुना है उसका भी किसी मल्टीनेशनल कम्पनी में कैम्पस के माध्यम से सेलेक्शन हो गया है"?

मान्या ने कहा" हाँ"।

मिसेज़ कादम्बरी ने बधाई देते हुए अपनी खुशी व्यक्त की और कहा," आप की प्रेरणा एवं निगरानी में परिश्रम कर के दोनों बच्चे अच्छे निकल गये"।

इन दोनों की बातों को सब्ज़ी बेचने वाला भी मूक दर्शक की भाँति ध्यान से सुन रहा था।

मान्या को लगा कि सब्जी लेते समय की गई चर्चाओं की ध्वनि उसके अंतर्मन तक पहुँची थी, जिसकी प्रतिध्वनि के रूप में" साहब, आप लोगों के बीच घूम-घूम कर हम अनपढ़ जाहिल भी अच्छी बात सीख लेते हैं"।हम भी अपने बच्चों को जितना वो पढ़ सकेंगे उतना पढ़ायेंगे,फिर बोला," मेरे एक बेटा और एक बिटिया है"।

मान्या और कादम्बरी दोनों सब्जी ले कर जाने लगीं, सब्जी वाले ने दोनों को सम्बोधित करते हुए कहा साहब" क्या पोलियो कभी ठीक नहीं होता है"?

दोनों नें जिज्ञासा वश पूछा," किसे पोलियो हो गया है"?

उसने उत्तर दिया," मेरी बिटिया को"।

आज जब समाज इस बीमारी के प्रति जागृत हो रहा है,पोलियो उन्मूलन के लिए घर-घर जाकर दवा पिलाई जारही है ऐसे में?

मान्या ने आश्चर्य चकित हो पूछा," क्या पोलियो की दवा नहीं पिलाई थी"?

अरे साहब हम गाँव मे थे,जब बिटिया पैदा हुई थी, दवाएँ तो सुनते थे कि कई प्रकार की बच्चे को दी जाती हैं,पर हम अनपढ़ गँवार यह नहीं समझ सके कि यह बहुत जरूरी दवा है, इसे जितनी जल्दी हो सके देना चाहिये।बीमारी में बहुत पैसा खर्च किया, परन्तु कोई फयदा नहीं हुआ।

सब्जी वाले की कही और भोगी जा रही पीड़ा ने मान्या के अंदर की माँ को पल भर के लिए विस्तारित कर दिया और वह पूछ बैठी" किस जगह पोलियो है"?

"दायें पैर में" बताते हुए उसने कहा, हमारी घर वाली सारा दिन उसी में लगी रहती है। डॉक्टर साहब से पूछा था, क्या बड़ी होकर हमारी बिटिया किसी तरह चल सकेगी, वह बताते थे" बैसाखी से"।

सब्जी वाले द्वारा व्यक्त किये जा रहे जवाब में पीड़ा के कुहासे के मध्य उसे एक आशा की मद्धिम किरण -" बैसाखी" आलोकित होर ही थी। वह फिर बोला, साहब अपाहिज का दुनिया में कोई नहीं होता है, इसीलिए उसे भी पढ़ायेंगे।

अपनी इस पीड़ा में भी बच्चों के परिश्रम एवं लगन से पढने का जो परिणाम उसने उनके मध्य सुना व देखा,उसको जानने के पश्चात् एक संकल्प लेने और उसे व्यक्त करने का अवसर वह कदाचित खोना नहीं चाहता था।

अतः वह इसी रौ में उन दोनों से कहता रहा -" चाहते हैं साहब कि इतना पढ़ा दें कि वह मोहताज बन किसी के आगे हाथ न पसारे"।

मान्या और कादम्बरी को भी उसकी इज़्ज़त से जीने की ललक साफ दिख रही थी।

अपनी सीमा- सामर्थ्य का आँकलन करने के लिए सब्जी वाले ने उनसे पूछा," साहब कितना पढ़ाना चाहिये"? कह, उन दोनों की ओर देखने लगा।

कितना पढ़ना और उसके बाद इज्जत की नौकरी पाना,आज के स्पर्धा के युग में इसका उत्तर देना कठिन है, लेकिन बच्चों की प्रेरक होकर उनकी उन्नति का मार्ग प्रशस्त करने का अनुभव उनके पास था।

अतः मान्या ने उत्तर दिया" लगन और मेहनत से कम से कम बी. ए. करवा कर, टीचर्स ट्रेनिंग करवा दो"। टीचर बन अच्छा जीवन व्यतीत कर लेगी। शैक्षिक सीढियों से पूर्णतः अनभिज्ञ फिर भी लक्ष्य को ठीक से जानने हेतु उसने पूछा," साहब बी. ए. क्या होता है"?

मान्या बोली, अच्छा समझाती हूँ" बाहरवीं क्लास पास करने के बाद, तीन साल का बी.ए. होता है।इसके बाद एक साल का टीचर्स ट्रेनिंग की पढ़ाई होती है"।

साहब, अब समझे।

इस बात को कहने में उसकी आँखों की चमक,उसके भविष्य के उजाले की कौंध सी प्रतीत हुई।चलते-चलते बोला, अगर हम आज से भी पढ़ायें तो आगे नौकरी पाने लायक हो जायेगी।

फिर मान्या और कादम्बरी की ओर हाथ जोड़ कर बोला" साहब हम घर जा कर अपनी घर वाली को पहले बतायेंगे,फिर आगे फेरी पर जायेंगे"। सब्ज़ी वाले को फेरी के साथ-साथ प्रगति का रास्ता मिल गया था, जिसके लिये उसकी पत्नी भी बराबर से चिंतित थी, अतः अपनी पत्नी से इस बात को शेयर करना उसकी प्राथमिकता बन गई।

वर्तमान मे बच्चों की सफलता का श्रेय लेते और इसी बीच प्रेरणा श्रोत होकर एक सब्जी वाले से वार्तालाप करने में समय सीमा का दोनों को अहसास ही न रहा। दोनों ही अपने–अपने घर की ओर चलते हुए आपस में बोलने लगीं,आज बहुत देर हो गयी," अच्छा बायँ"।

मान्या के घर पहुँचते ही सौरभ बोला," मम्मी सब्जी वाला आप से और आन्टी से इतनी देर तक क्या बात कर रहा था"?

मान्या बोली वह अपना दुःख बता रहा था।हम दोनों उसकी बात सुन रहे थे।

सौरभ बोला, मम्मी आप लोग संभल के रहियेगा। पता नहीं कौन कैसा है।आप जानती नहीं हैं, इन्हीं लोगों में कुछ लोग धोखेबाज भी होते हैं। जो बड़ी चालाकी से घर का सारा राज़ जान लेते हैं,और फिर किसी प्रकार से धोखा भी दे सकते हैं।

मान्या उसे देख मुस्कराते हुए बोली," मुझे बेहद खुशी हो रही है, मेरा बेटा बहुत समझदार होगया है।

तुम्हारे बचपन में मैं तुम्हें सावधान करती थी, अब तुम मुझे सावधान कर रहे हो"।

मम्मी, मैं सीरियसली कह रहा हूँ।आप अकेले और दोपहर के सन्नाटे मे सब्ज़ी लेने मत जाया कीजिए। इस प्रकार से ठगने की भी न्यूज़ आती रहती है।

मान्या ने सौरभ से कहा,हम लोग इसी सब्जी वाले से सब्जी लेते हैं। यह सब्जी वाला कई साल से आ रहा है। किसी दूसरे से हम लोग नहीं लेते हैं।

सब्ज़ी वाले के आने और हम सब स्त्रियों का सब्ज़ी लेने का क्रम उसी प्रकार जारी था।एक दिन अचानक वह मान्या से बोला, साहब आपसे एक बात कहना है।

मान्या बोली, कहो!

साहब, बिटिया की बीमारी के बाद से मेरी घर वाली पूरी नींद नहीं सोई थी। आप की सलाह के बाद से वह अब पूरी नींद सो पा रही है।

"साहब! आप हमारे लिये भगवान हैं"।

मुझे उसकी बातों में प्रगति पथ पर चढ़ने की आस नज़र आ रही थी। मान्या सब्जी वाले को समझाते हुए बोली," देखो कोई भी इंसान भगवान नहीं होता है"।

भगवान जो कुछ भी करना चहते हैं, वह किसी के माध्यम से करवाते है, स्वयं नहीं आते। मेरी राय ईश्वर की इच्छा थी, केवल माध्यम मैं थी"।

कुछ समझते व कुछ ना समझते वह बोला," यह सब ज्ञान हम अनपढ़ क्या जाने" ,हमारी जो मदद करता है, उसे ही भगवान समझते हैं।

मान्या सब्ज़ी ले कर जा चुकी थी, और सोचती जा रही थी कि" अनपढ़ ज़रूर है पर अच्छे विचार और संस्कार रखता है"। अपने बच्चों को समर्थ बनाना

चाहता है। प्रेरणा लेता है और प्रेरणादायक के प्रति अपनी शैली में आभार प्रकट करता है। तारीफ के पुल बाँध देता है। संस्कार सारे एक अच्छे व्यक्ति के हैं।परिस्थिति वश अनपढ़ है।माहौल मिला होता तो पढ़गया होता। कल्पना की इस उड़ान ने मान्या के मन में, उसके प्रति यथार्थ से परे सम्मान व सम भाव उपजा दिया।

समय बीतता गया, सब्जी खरीदने का क्रम चलता रहा। एकाएक आभास हुआ कि कुछ दिनों से उसका आना बंद होगया था। काफी दिन होगये और उसका फेरी के लिये ना आना, मोहल्ले में उसकी कमी का आभास दिला रहा था।

वह ठहरा केवल एक सब्जी वाला, परन्तु उसकी आत्मीयता ने शायद," मान्या के अर्धचेतन से अनाम रिश्ता बना लिया था"।अनजाने कभी उसकी लड़की मान्या की कल्पना में छा जाती थी।" स्वस्मृतियॅा निकट संबन्धों में भी जीवित होती हैं" , इसका प्रमाण तब मिला जब मान्या के बेटों ने उससे मुस्कराते हुए कहा," मम्मी आजकल आपलोगों का ब्यायफ्रेन्ड सब्जी देने नहीं आता है"?

मान्या भी मुस्कुरा दी।

अनायास एक दिन कॉल बेल बजने पर मान्या ने छज्जे से झाँका और देखा, सब्जी वाला विभिन्न प्रकार की दालों का ठेला लिये खड़ा है।वह कुछ समझ पाती इसके पूर्व ही वह बोला,साहब कोई बात नहीं है, फेरी लगा कर जारहा था, सोचा आप के दर्शन कर लें। अब सब्ज़ी बेचना बंद करके, दालों की फेरी लगाते हैं।

मान्या के दालों के भाव पूछने पर वह बोला, साहब सच्ची बात तो यह है,कि यह आप लोगों के लायक नहीं है।इसी लिये बाहर गाँव की ओर निकल जाते हैं।कई बार आप का आशीर्वाद लेने की कोशिश की सबसे मुलाकात होगई, पर आप से नहीं हो सकी। आज मन नहीं माना,आवाज न सुनाई देने पर घंटी बजा दी,और हाथ जोड़ते हुए बोला, माफ करियेगा।

मान्या स्तब्ध थी, कि सब्ज़ी वाले से दाल वाला बना, बाजार व्यवस्था और ग्राहक की जानकारी है। सफलता की ओर उसने एक सीढ़ी और लाँघी है। कौतूहल

और जिज्ञासा वश मान्या ने भी पूछ लिया," तुम्हारी बिटिया कैसी है"? वह बोला," आप ने जो राय दी थी उसी उम्मीद में हम जी रहे हैं"।

साहब एक बात और बतानी थी। अब तक हम किराये पर रहते थे। सात महीने पहले एक छोटा सा टुकड़ा ज़मीन लेली है। उसमें एक पक्का और एक छप्पर वाला कमरा बना लिया है।

साहब, सोचा बच्चों के सिर पर छत हो जाये।

मान्या बोली बहुत अच्छा किया।

साथ ही साथ अपने बच्चों के बड़े होने के समय ली गई सावधानियों को उसके द्वारा दोहराते हुए देख; एक अनाम रिश्ता उसके साथ

उपजता देख रही थी।

द्वंद

विनया ने कैम्पस के गेट पर फोन करके एक मालिश करने वाली उसके पास भेजने को कहा।गार्ड, बोला," जी मैडम, एक मालिश करने वाली डी. ब्लाक में आती है, मैं उसे भेजूँगा।'

दो घंटे बाद मालिश के लिए एक औरत आई," गार्ड भइया ने भेजा है"।

विनया बोली कितना रुपया एक घंटे मालिश का लोगी, वह बोली तीन सौ रुपया प्रति दिन।

"कल सुबह से मालिश शुरू कर दो।

अच्छा हाँ! तुम्हारा नाम क्या है" विनया ने पूछा"।

वह बोली," चमेली" और जाने लगी अचानक मुँह घुमा कर बोली," वैसे आन्टी, मैं इस समय खाली हूँ, कहिये तो आज से शुरू कर दूँ"।

यह सुन विनया भी बोली ठीक है आओ, कहते हुए विनया चमेली को अंदर ले आती है। मालिश करते – करते चमेली ने विनया से पूछा," आन्टी ये फ्लैट आप का अपना है या किराए का"?

बिनया ने भी कुछ न सोचते हुए कहा अपना।

फिर मालिश करते –करते वह बोली आन्टी आप अकेली रहती हैं?

विनया ने फिर कहा नहीं, पर विनया के मन में उसकी बातें आशंकाओं का द्वन्द उद्दीप्त कर गयीं। मालिश करके वह घर चली गई।

विनया के अंतर मन में" अकेली" शब्द के चल रहे द्वन्द, अन्य कामों मे व्यस्त होने का भरसक प्रयास करने पर भी मन इसी" अकेली" पर आकर उलझ जाता था। मन ही मन सोचती है, क्यों जानना चाहती है!

पेपर व टेलीवीज़न पर आने वाली ओल्ड एज लोगों और अकेले रह रहे लोगों के साथ हो रहे हादसे की खबरें आँखों के सामने चक्कर कटने लगीं। वह अपने मन को समझाने का प्रयास भी कर रही थी कि" बेकार शंका कर रही हूँ"

यहाँ, बिना जांच करे, किसी को काम करने की इंट्री ही नहीं मिलती है। मेन गेट पर चेकिंग के बाद, ब्लाक के प्रवेश गेट पर दोबारा चेकिंग होती है। यह सोच विनया ने अपने मन को शान्त किया।

चमेली दूसरे दिन सुबह छः बजे मालिश करने आ गई। मालिश करते – करते हाथ रोक विनया के पैरों की बिछिया अपनी अँगुलियों से गोल-गोल घुमाते हुए बोली,

"आंटी ये चाँदी की है"?

ऐसा प्रश्न उसके सुप्त द्वन्द को फिर जाग्रत कर गया। आज तक के जीवन मे यह पहली मेड है जो मेरी व्यक्तिगत बातों की जानकारी पहले दिन से ही काम रोक-रोक कर लेने लगी है।

सुन अटपटा लगा इस लिए सुन कर अनसुनी कर दी। सोचने लगी फुलवा इतने सालों से झाड़ू -पोंछा, बरतन आदि-आदि रोज़ तीन घंटा काम करती थी, परन्तु मुझसे आज तक उसने ऐसी अटपटी बातें कभी नहीं कीं।

जवाब न मिलने पर उसने अपने प्रश्न को विनया की बिछिया पर दुबारा और अधिक हिलाते हुए दोहराया। अब विनया को अहसास हुआ कि बातों ही बातो में शायद उसकी बिछिया उतारना चाहती है। फिर भी आवेश में कुछ बोलना उचित न सोच उसे समझाने वाले लहजे में बोली, चमेली तुम मालिश करते समय बात मत किया करो, बात करने से हाथ रुक जाता है। चमेली चुप हो पैर की मालिश करने लगी। धीरे से विनया ने कहा चमेली मेरी बिछिया ठीक करो निकली जा रही है।

पीठ और कंधे की मालिश करते-करते विनया की कान की बाली हिलाते हुए बोली, ये सोने का है"?

सुन के भी अनसुनी कर फिर लेटी रही विनया सोचने लगी ये औरत बेहद शातिर है, मुझे मूर्ख समझ रही है। न सुनने पर चमेली ने अबकी बार बाली के बीच अपनी अँगुली डाल बात दोहराई।

इस बार अँगुली बाली के बीच घुसाने के कारण बाली का लॉक खुल गया।

विनया" अरे क्या कर रही हो" ! कहते हुए उठ बैठी, अपनी बाली का लॉक दबा कर बन्द करने लगी। तभी लॉक बन्द करने पर कुछ चट जैसी आवाज़ आई, आवाज़ सुन चमेली ने प्रश्न किया," बाली के आवाज से तुम जाग गई थी आन्टी"।

चमेली! तुम मानती नहीं हो, काम गड़बड़ और बात अधिक करती हो, कह विनया फिर लेट मालिश करवाने लगी। मालिश करवाने मे नींद अच्छी आती है कहते हुए, उसने विनीता को सलाह दी," आप फिर सो जाओ आन्टी"। चमेली के क्रिया कलाप विनया के मन के द्वन्द को बार-बार पहले से दो गुना बढ़ा दे रहे थे। चमेली मालिश कर चली गई थी।

विनया ने अपनी शंका के समाधन के लिए कालोनी के मेन गेट पर फोन कर पूछा," चमेली नाम की मालिश वाली कितने घर काम करती है"?

गार्ड ने अटेन्डेंस रजिस्टर देख कर बताया" आप के अतरिक्त एक घर और"।

कब से आ रही है?

मैडम जी हम लोगों के पास सारे पेपर नहीं होते हैं।

आप को ऑफिस में सब पता लग जएगा।वैसे मैडम आप उसका आई.कार्ड देख लीजिएगा।

"ठीक है" कह, विनया ने फोन काट दिया। मन ही मन विचार करने लगी" कल आई. कार्ड जरूर देखूँगी।"

अब जैसे ही चमेली आई और मालिश की तैयारी करने लगी, इसी बीच विनया ने कहा" चमेली अपना आई. कार्ड दिखाओ"। वह बोली" कल दीदी से माँग लेंगे।" विनया ने अचम्भित हो पूछा," कौन दीदी" ,

वह बोली" गार्ड दीदी"।

“बिना आई .कार्ड तुम अंदर कैसे आती हो”?वह बोली मेरे पास है, दीदी को दिया है,” बिना कार्ड तीन चार दिन आ सकती हो” ऐसा दीदी बोली थी।

“अच्छा” जब मिल जाए दिखाना,विनया ने बड़ी सहजता से कह दिया” चलो मलिश शुरू करो”।

मालिश करते-करते उसने फिर से इनवेस्टीगेशन चालू कर दिया।

“आन्टी ये मकान तो बहुत मँहगा होगा” , विनया चुप रह सोचने लगी, छुट्टियों के दिनो में कभी- कभी मैं दरवाजा खोल देती हूँ और फुलवा काम करती रहती है, मैं सोती रहती हूँ, कोई शंका ही मन में नहीं उपजती है।

विनया को चुप देख स्वयं ही बोली” मँहगा तो जरूर होगा” है ना आन्टी?

विनया आँख मींच चुप रही।

थोड़ी देर बाद” आन्टी उठिये हाथ का मालिश करना है”।

विनया बैठ गई थोड़ी ही देर बाद” आन्टी, अंकल दो लाख रूपिया महीना जरूर पाता होगा”।

विनया ने सोचा कितनी जल्दी है इसे सब कुछ जानने की!

आज मैं इसका हिसाब कर भगा दूँगी।

चमेली विनया को चुप देख दोबारा बोली” ए आन्टी कितना पाता है अंकल”?

विनया की चुप्पी को हामी समझ, मैं जानती थी” दो लाख तो जरूर मिलता होगा”।

विनया के मन का द्वन्द अब सातवें आसमान पर हो गया।

ये औरत मालिश के लिए आई है या चोर डाकू के लिये जासूसी करने और निश्चय कर लिया आज ही इसे भगा दूँगी, परन्तु अपने को कंट्रोल करते हुए जवाब दिया,” इतना मिलता है कि तुमको तीन सौ रुपए प्रति दिन के हिसाब से जरूर दे दूँगी। सारा पैसा तय टाइम पर मिलेगा।”

अचानक काल बेल बजती है," इतनी सुबह कौन आय़ा होगा" , सोच गाउन पहन दरवाज़ा खोलती है। अचानक फुलवा को सामने देख, अचम्भित होकर बोली अरे फुलवा तुम इस समय !,

फुलवा बोली, आन्टी हमारी छोटी बहन के आदमी को डेंगू हो गया, उसको पैसा की जरूरत है, दो हजार माँग रही है। आप उधार दे दीजिये।"

विनया बोली," अच्छा"।

मैं जिस कमरे में मालिश करवाती हूँ वहां खड़ी हो जाओ, एक मालिश के लिये मिली है, मैं मालिश करवा रही थी उसी कमरे में खड़ी हो जाओ कह वह रुपये लेने चली गई।

वहाँ चमेली को देख फुलवा बोली आन्टी का काम तुमने कबसे पकड़ा।

चमेली बोली, चार दिन से।

चमेली ने फुलवा से पूछा, तुम कब से कर रही हो, उसने जवाब दिया, हमें तो सात साल हो रहे हैं।

चमेली ने फुलवा से कहा, हम तो काम के इतने साल से परेशान हैं।

कोई अच्छा घर नहीं मिलता है, जो साल दो साल लग के काम करवाये।

विनया रुपये गिनती जा रही थी,साथ ही साथ उन दोनों की बातों को सुनती जा रही थी।

फुलवा को रुपय़े देते हुए विनया ने पूछा,तुम चमेली को जानती हो।" हाँ आन्टी"।

विनया ने पूछा कब से?

ये तो हमारे गाँव की है।

जब तक फुलवा जवाब दे, बीच में ही चमेली बोली-आन्टी हम दोनों बचपन की सहेली भी हैं।

विनया के मन में इतने दिनों से चमेली ने, अपने रोज़–रोज़ के प्रश्नों द्वारा जो भय का द्वन्द छेड़ रखा था, उसे फुलवा के बताने पर कि वह चमेली को भली प्रकार जानती है वह द्वन्द शांत हुआ। मन ही मन सोचने लगी, यदि मनुष्य बिना सोचे विचारे,अपनी बातों द्वारा मर्यादा की सीमा उलंघन करता है, वह अपनी छवि बिगाड़ लेता है, जिसका जीवांत उदाहरण चमेली थी।

चमेली को मालिश के लिए आया देख, फुलवा ने पूछा आन्टी, हमीदा बीमार है क्या?

विनया ने कहा नहीं, अब वह गाँव में ही रहेगी। बहुत पुरानी मेड थी इस कालोनी की, कहते हुए फुलवा नेपूछा आन्टी, गाँव कब चली गई।

विनया बोली,ठीक से तो पता नहीं, मालिश के लिए गेट से पता किया था। उन्हीं लोगों से मालूम हुआ था, एक साल के लग–भग हो गया है, हमीदा घर चली गई है अब गाँव में रहेगी।

हम दोनों की बात सुन चमेली बोली, आन्टी देखो फुलवा की ओर इशारा करके, एक इसकी किसमत है सब घर अच्छे मिल जाते हैं। हमें कोई अच्छा घर ही नहीं मिलता है।

पता नहीं कैसे मिलते है लग के काम ही नहीं करवाते हैं।

यह सब सुन कर विनया को लगा कि अकारण बातें करके इसने स्वयं के प्रति मेरे मन में अविश्वास पैदा किया जो उसकी जिज्ञासा मात्र थी।

विनया मन ही मन सोचने लगी आज कितने दिनों बाद वह राहत की सांस ले मुस्कुराई है, साथ ही साथ चमेली से हँसते हुए बोली, फुलवा की तरह अब तुम्हारी भी किस्मत अच्छी हो गई है, उसी की तरह तुम भी मेरे यहाँ काम करती रहो।

वसीयत

“देखो! तुम चिन्ता मत करना। मैंने बच्चों के बारे में मोहन को सब समझा दिया है। वह सब संभाल लेगा। तुम बस आराम करना और समय से दवा लेती रहना। कहते हुए शिवू ने सिर पर हाथ फेरा और चलने के लिए उठ खड़ा हुआ।

मीनू को याद आने लगा वह दिन जब वह अचानक बेहोश हो गई थी और तीसरे दिन जब उसने आँख खोली थी तो सूजी आँखों व उदास चेहरे में शिवू को उसने अपने सिरहाने बैठा पाया था। उसके पूछने पर पता चला कि शिवू तीन दिन से ऑफिस भी नहीं गया था। डॉक्टरों ने भी तभी बताया था कि टेस्ट से कैन्सर प्रमाणित हुआ है।

आज उसे जाता देख कल के दुःस्वपनों में डूबी मीनू ने विचलित होकर पूछा” कब आओगे”?

“मेरी तबियत भी तो यहीं लगी है जल्दी से जल्दी लौट आऊँगा, और हाँ! तुम दवा समय से लेती रहना”।

फिर से कहते हुए शिवू जाने के लिए गेट की ओर बढ़ा।

“अच्छा कहते हुए मीनू उसी ओर देखती रही जिधर से शिवू अभी-अभी उससे विदा ले कर गया था। वह बीते हुए दिनों के बीच डूब कर सोचने लगी, एक समय था जब शिवू उसका हाथ पकड़ कर गेट तक ले जाता था और वहाँ से वह शिवू को विदा करती थी अब तो सिर्फ बिस्तर ही उसके जीवन का दायरा हो गया है।शिवू कहता था” तुम्हारी विदाई की यही मुस्कान ही तो मेरे साथ जाती है। जहाँ-जहाँ मैं जाता हूँ तरो ताज़ा बना रहता हूँ।”

वह रो पड़ती है कहाँ से लाऊँ वह मुस्कान जो तुम्हें ताज़गी दे सके।कैसे जियेगा अब शिवू?

“मेरे बिना तो वह एक पल भी न रह पाएगा।”

उसे याद आने लगती है दादी की वही बात जब अंशू पैदा हुआ था और वह अस्पताल में थी। डाक्टर ने निराश होकर शिवू को समझाया था।" अब हम लोग उसे नहीं बचा सकते, घर ले जाइये और ईश्वर की याद करिये, वही चाहे तो कुछ हो सकता है

कितना रोया था शिवू घर जा कर उसने दादी से कहा था" अगर मेरी मीनू को कुछ हो गया तो मैं आत्महत्या कर लूँगा"।

अचेतन से चेतन में आ कर अपने मन में वह बुदबुदाई," पर अब तुम्हें मेरे बाद भी जीना होगा शिवू अपने बच्चों के लिए।"

सहसा किसी की पद चाप ने उसकी तंद्रा को भंग कर दिया - कौन आ रहा है!

क्या सनी तो नहीं!

"अरे, कल्पना तुम ! बहुत दिनों से दिखाई नहीं दीं, तुम्हें पता नहीं है मेरी तबियत बहुत खराब हो गई है?

तुम कहाँ थीं आज कल?"

"मै इलाहाबाद वाली मौसी के यहाँ गई थी।मौसी के बड़े लड़के की बीबी दो बच्चे छोड़ कर मर गई थी। उन्हों ने दो साल पहले दूसरी शादी कर ली। मन बड़ा दुःखी हो गया, वच्चों की हालत देख कर। कभी - कभी मै सोंचती हूँ कि, क्या ये बही बच्चे हैं जिनके लिए भाभी के जीवित होने पर भइया कहा करते थे, राजू- निशू तो उनकी आँखों के दो तारे हैं। पर अब, बेचारे माँ विहीन तो थे ही,पिता विहीन भी हो गये।"

"कैसे"? मीनूने चिंतित हो कर पूछा। अरे क्या बताऊँ वही जो अधिकतर होता है। माँ, दूसरी है तो बाप तीसरा बन जाता है।शादी के बाद से भइया बच्चों को मौसी के पास छोड़ गये हैं। दो साल से बच्चे मौसी के पास हैं।एक साल तक भइया -भाभी को घूमने से फुरसत ना थी। दूसरे साल भाभी के बच्चा हो गया। मौसी ने दो चार बार कहा भी राजू निशू को आपने पास ले जाओ। माँ बाप का

प्यार मिलेगा। पर भाभी ने भइया को साफ जवाब दे दिया है कि मैं अपना बच्चा पालूँ या राजू, निशू को।

मीनू बड़े दुखी मन से कहने लगी" कैसी नारी है जिसके मन में ममता ही नहीं।"

"आप ठीक कह रही हैं।हर स्त्री यह सोचती नहीं है कि ऐसा उसके बच्चे के साथ भी हो सकता है।" कहते हुए कल्पना ने घर के अंदर आते हुए सनी को देखकर कहा" अरे सनी स्कूल से आ गया।"

सनी कल्पना की बात सुनकर मुस्कुराते व शरमाते हुए मीनू से लिपट गया और नाराज़ हो कर मीनू से कहने लगा" आप रोज अंदर बैठी रहती हैं, बाहर आकर मेरी बस का इन्तजार नहीं करती हैं। अब मैं आपसे कभी नहीं बोलूँगा। चलिये कट्टी लीजिये।"

कहते हुए उसने झट से अपनी उँगली आगे बढ़ा दी।

सनी की इस अदा पर मीनू ने उसे प्यार से गले से चिपका लिया और कहने लगी" नहीं भाई कट्टी मव करो जब मैं ठीक हो जाउँगी तो पहले की तरह अपने बेटे को फिर रिसीव किया करूंगी ठीक है।"

मन ही मन सोचने लगी कितना बड़ा झूठ सनी से उसने बोला है अब वह कभी न जा सकेगी।पर सनी मीनू की बात से खुश व संतुष्ट हो ठीक है कह कर खेलने चल दिया।

"अरे सनी पहले स्कूल की यूनीफार्म तो उतार लो तब खेलो" आवाज़ सुन सनी मीनू के पास कपड़े उतरवाने के लिए खड़ा हो गया। मीनू जैसे ही उठने लगी कलपना ने रोक दिया और कपड़े कहाँ हैं पूछ बदलने लगी। यह सब देखकर मीनू कहने लगी" कल्पना तुम जिस घर जाओगी घर को खुशियों से भर दोगी। बड़ी किस्मत वाला होगा जो तुमके पायेगा।"

तब तक अंशू और सुमित भी स्कूल से आग ये। तीनों मिल कर हँसने खेलने लगे। बच्चों को हँसते खेलते देख मीनू के मन को कुछ शान्ती मिली। सोचने लगी शिवू ने इन बच्चों के जीवन में उसके प्यार की कमी भर दी है, इसी लिए बच्चे

इतने खुश होकर खेल रहे हैं, काश मैं भी शिवू के जीवन में अपनी कमी भर सकती, उन्हें भी मुस्कुराता देख पात।

मोहन ने बच्चों को खाने के लिए बैठाया पर सनी ने खाना खाने से इंकार कर दिया और मुँह फुला कर बोला" मम्मी अपने हाथों से नही खिलाती हैं, मैं नहीं खाऊँगा।"

मीनू ने सनी की कही बात सुन ली और कातर स्वर में बोली" अभी सनी अपने हाथों खा लो। जब ठीक हो जाऊँगी तब अपने राजा मुन्ना को अपने हाथों से पहले की तरह खिलाया करूंगी"

पर सनी नहीं माना और नखरे लेकर बोला" तो पापा खिलाएँ"

मीनू के भरसक समझाने का प्रयत्न किया कि पापा दूर गए हैं चार-पाँच दिनो में आयेंगे तब तक वह अपने हाथों खा ले, पर वह बाज आने से रहा।तब तक कल्पना बीच में ही बोल दी" अच्छा चलो जब तक मम्मी बीमार है और पापा नहीं'

आते हैं तब तक मै अपने हाथों खिला देती हूँ।कल्पना के नखरे लेने पर सनी खाने को तैयार हो गया।

इसी बीच मोहन आ कर बोला" बहू जी अंशू भइया और सुमित भइया खाना खाने बैठ ही नहीं रहे है। दोनों खेलने में लगे है। बड़ा परेशान कर रहे हैं।"

कल्पना ने सबको समझा बुझा कर खाने के लिए बैठाया और खिलाने पिलाने के बाद कल्पना ने मीनू से कहा" मैं सारा दिन फालतू रहती हूँ जब तक आप बीमार हैं मैं आ जाया करूँगी।"

कल्पना का इस प्रकार रोज रोज बच्चों के बीच ममता बिखेर कर काम करना मीनू के दिल को बड़ा संतोष देता था। किसी मजबूरी वश जो प्यार वह स्वयं नहीं दे पा रही थी, वह प्यार कल्पना द्वारा दिया जाना देखकर उसकी आँखों को सुख मिल रहा था। उसकी चाहत कल्पना के प्रति दिनों दिन बढ़ती जा रही थी सोचने लगी यह खुशियाँ उसके घर कितने दिन हैं। एक दिन कल्पना की शादी हो जाएगी तब?

एक गहरी पीड़ा उठी। वह पंख विहीन पंछी की भाँति तड़प उठी। जैसे उसका अस्तित्व ही कल्पना हो गया हो।

उसका ध्यान तो तब टूटा जब जब सनी के चिल्लाने की आवाज़ आई" पापा आ गये। हो हो! पापा जी आ गए" शिवू ने चूमते हुए सनी को गोद में उठा लिया और सीधे मीनू के पास आ कर पूछा-

"ठीक तो हो?मुझे इतने दिनों बडी चिन्ता लगी रही कि कहीं तुम समय से दबा लेना ना भूल जाओ।"

मोहन चाय बना कर शिवू के लिए ले आया। उसे देख शिवू बोला" कहो मोहन सब ठीक से देखते रहते थे"?

"अरे साहब! भइया लोग खाना खाने में बड़ा परेशान करते थे। पहले जब बहूजी ठीक थीं, तो सामने बैठकर खिलाती थीं अब तो बड़ा परेशान करते हैं। ये तो कहो मास्टर साहब की बिटिया आ जाती थी तो जबरदस्ती करके सबको खिला देती थी। नहीं तो नाकों दम था। हमारी तो सुनते नहीं हैं।"

शिवू ने मीनू से पूछा-क्या वही मास्टर साहब जो घर के पीछे रहते हैं?

"हाँ, बड़ी अच्छी लड़की है। एम. ए. किये दो साल हो गये हैं। खाली रहती है। इसीलिए आ जाती है। बड़ा सहारा दिया था उस लड़की ने, नहीं तो बड़ी दिक्कत होती।"

शिवू चिंतित हो कर सोचता है कि कैसे संभालेगा वह इन बच्चों को।

इनको तो अपनी परवाह ही नहीं है। फिर वह मीनू से कहने लगा" देखो मीनू बच्चों को इंडिपेन्डेन्ट बनने दो किसी का सहारा मत लो।"

अरे हाँ !

जैसे कुछ याद आ गया

वह बोला" अंशू और सुमित कहाँ हैं?"

दोनो बच्चे एक ही स्वर में" जी पापा जी" करते हुए आ गए।

शिवू दोनों को देख कर डाँटते हुए कहने लगा" तुम लोग मोहन के कहने पर अपने आप खाना क्यों नहीं खाते थे?" अंशू और सुमित चुप चाप सिर झुकाए सुनते रहे मानो उनकी बोली ही बन्द हो गई हो।शिवू ने फिर पूछा" तुम लोगों ने इस समय दूध पिया।" अंशू और सुमित दोनों" नहीं" कहते हुए मीनू की ओर देखने लगे।

"क्यों?" शिवू ने गुस्से से पूछा।

"किसी ने दिया ही नहीं।" कह कर बच्चे चुप हो गए। शिवू को गुस्सा आ गया, मैं अभी-अभी बाहर से आया हूँ। मम्मी बीमार हैं मोहन से माँग लेते। तुम लोग चार बजे स्कूल से आते हो, इस समय छः बज रहे हैं चलो जाओ, दूध पियो जाके। सनी को भी ले जाओ। उसका भी ध्यान तुम लोग रखा करो।

वह अभी बहुत छोटा है।

"शिवू कैसे चलाओगे घर –नौकरी?

सनी तो बहुत छोटा है। उसे तो हर पल सहारे की जरूरत है।

"एक तड़प भरे स्वर में कह कर मीनू शिवू को देखने लगी।

"उसी की तो मुझे भी चिंता रहती है। आफिस में रहता हूँ मन तुम्हीं लोगों पर लगा रहता है। किसी काम में मन नहीं लगता है। जब से तुम बीमार हुई हो सनी बहुत नेगलेक्टेड फील कर रहा है।

पता नहीं किसकी नजर लग गई है।

उफ!

बच्चे बहुत छोटे हैं।क्या करूं,कुछ समझ नहीं पा रहा हूँ।" कहते हुए शिवू मीनू को देखने लगा जैसे उसके जीवन के हर पहलू का जवाब मीनू के पास हो"।

मीनू ने शिवू को परेशान देखकर सलाह दी" बच्चों को होस्टल में छोड़ दो शिवू।"

शिवू ने तड़प कर कहा" नहीं मीनू नहीं" जैसे उसको मीनू ने आत्मा को शरीर से अलग करने की सलाह दी हो। वह बोला" बच्चे कभी हम लोगों से अलग

एक दिन भी नहीं रहे हैं। मै भी तो उनके बिना नही रह पाउँगा। इस उम्र में बच्चों को तो कुछ भी समझ नहीं होती है दुनियादारी की।"

"शिवू तुम आफिस जाया करोगे या बच्चों को देखा करोगे?नहीं संभाल सकोगे।बिना मेरे घर गृहस्थी की लंगड़ी गाड़ी कब तक खींच कर चलाओगे। जीवन के एक मोड़ पर आकर तुम थक जाओगे। मेरे बाद तुम क्या करोगे? कभी सोचा है तुमने शिवू?"

इतना कहते ही मीनू थकी हारी सी नजर आती है।

"संयास ले लूँगा मीनू" वह कहता है।

"ऐसा मत कहो शिवू, तुम्हें मैने कभी हारते नहीं देखा है तुम हारोगे तो बच्चे लावारिस हो जायेंगे।उनके जीवन के लिए तो कुछ सोचना ही है।" मीनू बोली।

अचानक कॉल बेल बजी। मोहन ने आकर बताया" साहब ढींगरा वाली बहू जी मर गई हैं"।

शिवू ने चौंक के पूछा" कब?"

"अभी अभी ढींगरा साहब के साले आए हैं, अपने पिता जी को फोन करने फोन नंबर माँग रहे हैं।"

शिवू ने मरी सी आवाज़ में कहा" दे दो।"

मीनू ने ताज्जुब से पूछा" मिसेज़ ढींगरा को क्या हो गया था?

उनकी तो आयु भी ऐसी न थी।

अचानक क्या हो गया?

कैसे मर गई?

शिवू एक टक जमीन की ओर देख कर लाचारी भरी चादर ओढ़ते हुए बोला" कैन्सर" था।

"कब पता चला" मीनू घबड़ा कर पूछती है और जब उसे पता चलता है कि लगभग उन्हीं दिनों जब उसे बताया गया था। उसको लगा जैसे मिसेज ढींगरा

नहीं वही मर गई है। उसकी आँखों से आँसू बह चले" उनके बच्चों का क्या होगा शिवू।"

शिवू को लगा जैसे मीनू ढींगरा साहब के नहीं,अपने बच्चों के बारे में पूछ रही है।उसका दिल तड़प उठा मीनू को रोता देखकर वह अपनी आँखों की बढ़ती नदी को ना रोक पाया और उसे राहत देने के लिए मीनू की बात को अनसुनी कर ड्राइंग रूम में चला गया।

रात को खा पी कर सब बच्चों के सो जाने के बादशिवू मीनू के पस आ कर चुपचाप लेट गया।अनायास ही उसकी निगाहें सामने टँगी तस्वीर पर चली गई जिसमें मीनू, अंशू, सुमित और सनी उसके साथ खिलखिला कर हँस रहे थे। धीरे से वह बुदबुदाया" ग्रहण लग गया है इस हँसी को" और करवटें इधर-उधर बदल कर सोने की नाकामयाब कोशिशें करने लगा। रात के इस अंधेरे में उसे अपने जीवन के घिरते हुए अँधेरे साफ साफ नज़र आ रहे थे। जो दिन के उजाले की चका चौंध में नज़र नहीं आते थे। उसने धीरे से अपना हाथ, आँखें बन्द कर लेटी मीनू के सिर पर टोह लेते हुए रखा, जैसे उसमें जीवन की कुछ किरण खोज रहा हो।

मीनू ने उसके हाथ पर हाथ रख कर पूछा" क्या बात है शिवू? क्या नींद नही आ रही?"

"कुछ नहीं" कहते हुए शिवू ने उसके गाल पर हाथ रख दिया। दोनों के बीच शून्य छा गया।

शिवू बुदबुदाया" कितना बड़ा उपहास किया है जीवन ने मेरे साथ।" उसके हाथों पर टूटते हुए मीनू के गर्म आँसुओं ने उसके अन्दर के बाँध को तोड़ दिया। आँसुओं के अविरल प्रवाह के इस संगम को निंद्रा ने ही रोका। सुबह आँख खुलते ही रोज की भाँति उसने सब बच्चों को उठाया और दिनचर्या की पैक्टिस प्रारम्भ कर दी। धीरे धीरे सब बच्चे तैय्यार होकर स्कूल चले गये।और वह भावशून्य सा मीनू की पुकार सुन कर" क्या बात है मीनू"? कहता हुआ मीनू के पास बैठ गया। बच्चों के जाने से बिलकुल सन्नाटा हो गया था जिसको चीरता हुआ पता नहीं कब पहुँच गया वह अपनी अतीत की चहकती बगिया में, जिसके फूलों के रंग उसके आंसू धो रहे थे।

शिवू को रोता देख कर मीनू से नहीं रहा गया" शिवू मत रो मै तुम्हें रोता नहीं देख सकती। तुमने तो स्वयं से मेरी कमी बच्चों के जीवन में भर दी पर शिवू मैं अपनी कमी कैसे तुम्हारे जीवन में भरूं। काश मैं ऐसा कर पाती।"

इतना कह वह रो उठती है।

मीनू के आँसू पोछते हुए वह कहता है, अरे पगली! क्यों रोती हो? तुम्हारी यादों के सहारे बाकी का जीवन काट लूँगा। मैं भी कहा बहक गया था। आज मुझे ऑफिस जल्दी जाना है सालाना मीटिंग है। शायद आज लौटने में भी देर हो जायगी।

"नहीं! जल्दी आना" कहते हुए मीनू उसके हाथों को पकड़ कर धीरे धीरे छोड़ देती है।

शिवू के आफिस जाते ही मीनू का मन तरह-तरह की शंकाओं से भरने लगा। वह सोचने लगी कहीं ऐसा न हो उसके मरने के बाद शिवू दूसरी शादी करले तो उसके बच्चों का क्या होगा।

शिवू का मन भी मीटिंग में नहीं लग रहा था। उसके कानो में" नहीं! जल्दी आना" ; यह तीन शब्द रह रह कर प्रेरित कर रहे थे कि, सब कुछ छोड़ कर मीनू के पास चला जाए और यंन्त्रवत वह बीच में ही मीटिंग छोड़ कर घर वापस आ जाता है।

शिवू के जल्दी आ जाने से मीनू बहुत खुश हो जती है। महीने का आखरी दिन हाफ डे होने से बच्चे भी जल्दी आ गए थे।जहाँ मीनू लेटी थी उसी पलंग पर आकर शिवू बैठ गया। दोनों तन्मय मुद्रा से बच्चों का हँसना खेलना देख रहे थे, तभी" कहो सनी की मम्मी क्या हो रहा है" की आवाज़ ने वर्तमान में ला दिया।

" आइये आन्टी। कल्पना ने बताया था कि मम्मी बाहर गई हैं।

कब आना हुआ आपका" कहते हुए मीनू ने उठते हुए शिवू को रोका"।

"मैं तो कल ही आई हूँ।

परेशानी में जाना पड़ा पर तुमको क्या हो गया है।

"कल्पना की ओर देख कर" ये कह रहीं थीं कि तुम अभी ठीक नहीं हुई।"

“मेरी तो छोड़िये आन्टी, मेरे जीवन का तो अन्त आ गया है।” कल्पना की माँ ने मीनू के मुंह पर हाथ रख कर कहा,” कैसी बात करती हो मीनू, अन्त आये तुम्हारे दुश्मनों का”।

नहीं आन्टी यह झुठलाया नहीं जा सकता है, मुझे कैंसर है।

“अरे सच” ! कह कर कल्पना की माँ शिवू की ओर देखने लगती है।

“ईश्वर भी बड़ा विचित्र है। हमें ज़रूरत होती है, उसी की उसे भी ज़रूरत होती है। पर, बेटी धैर्य से काम लो ईश्वर पर विश्वास रखो”।

“लगता है मीनू की तबियत खऱाब हो रही है। आप लोग इसे आराम करने दें।” कह कर शिवू कल्पना की माँ की ओर देखते हुए वातावरण को और न बोझिल बनने से रोकने का प्रयास करता है”।

कल्पना की माँ उठ कर जाने को होती है पर मीनू कातर भाव से” नहीं मुझे अकेला मत छोड़ो” कहते हुए उन सब को रोक लेती है।

मीनू फिर पूछती है” आन्टी आप एक बार बता रहीं थीं कि कल्पना की शादी कही तय के करीब है, क्या हुआ उसका”?

“क्या बताऊँ, जहाँ बात चल रही थी वहाँ लड़की पसंद कर ली पर मामला दहेज पर अटका है। अभी वहीँ ही तो गई थी पर माँग, उफ! मैं गरीब कहाँ से पूरी करूँ। भाग्य में कुंवारी ही रहना बदा है इसके।”

“नहीं आन्टी कल्पना जैसी लड़की तो लाखो में एक होती है। पता नहीं कैसे -कैसे लोग होते हैं जो लड़की के गुण नहीं देखते सिर्फ पैसा देखते हैं। कह कर मन ही मन पूछती है कि कल्पना के गुणों कौन सा गुण प्रमुख है, - जिसने उसे यह सब कुछ कहने को बाध्य किया।

अचानक सनी के आँगन में फिसल जाने पर कल्पना ने दौड़ कर उसको उठा लिया और गोद में लेकर मीनू के पास ले आई और उत्तर मिल गया था मीनू को।

आश्वस्थ हो मीनू पूछती है” आन्टी कल्पना की शादी आप मेरी पसन्द से करेंगी। जिससे अपनी बहन रूपी धन को सही सहेजने वाला मैं इसे दिला सकूँ?”

कल्पना इस प्रकरण में भाग ना लेते हुए उठ कर जाने लगी तो मीनू ने उसका हाथ पकड़ कर बैठा लिया, और फिर कहा" आन्टी बोलिये न" !

क्ल्पना की माँ ने भी कुछ ना सोच कर भी सोचते हुए काहा" कहाँ से ऐसे इसके नसीब" और फिर मन रखते हुए कहा" जब कल्पना को तुमने बहन माना है तो मुझे भी स्वीकार है उसकी बड़ी बहन की पसन्द।"

तभी मीनू ने शिवू की ओर घूम कर" शिवू आज लग रहा है कि सुख की संतृप्ति हो गई है मैं चिन्ता रहित हो गई, अब आगे और जीने की इच्छा नहीं हो रही है"।

अचानक भय से सहमा हुआ शिवू पहले कल्पना की माँ की ओर देख फिर मोहन को चिल्ला कर बुलाता है और डाक्टर दास को फोन करके फौरन बुलाने के लिए कहा है।

"देर मत करो शिवू पास आओ मुझे हक दो कि मैं अपनी वसीयत कर सकूँ। आन्टी आप गवाह बनेंगी मेरी वसीयत की" कहते हुए मीनू हाफने लगती है।

"कागज लाओ, कलम लाओ" कहते हुए शिवू मोहन को पुकारता है।

"पर मेरी वसीयत तो दिलों पर लिखी जानी है शिवू, कागज कलम क्या करोगे?"

कहती हुई मीनू शिवू को पास बुला लेती है, और उसका हाथ अपने हाथ में ले कर कल्पना को भी इशारे से बुला लेती है। शिवू तुम्हारे जीवन में और हमारे बच्चों के जीवन में मेरी कमी अब कल्पना भरेगी।

"मैं अपने प्यार की वसीयत कल्पना के नाम कर रही हूँ। आन्टी तुम गवाह हो।" कहते हुए मीनू का सिर लुढ़क गया है। तभी कल्पना सनी को गोद में उठा कर कहती है" शिवू आप न रोइये, धैर्य से काम कीजिये, नहीं तो बच्चे घबरा जायेंगे।"

आज के श्रवण कुमार

बचपन में पढ़ाई के दौरान मैंने श्रवण कुमार की कहानी पढ़ी थी। श्री रामचरित मानस में भी तुलसी दास जी नें श्रवण कुमार का वर्णन किया है।

मातृभक्ति और पितृभक्ति के लिए श्रवण कुमार का नाम अमर है। एक बार उसके माता-पिता की इच्छा हुई तीर्थ स्थल जाने की, वे दोनों नेत्र हीन थे और वृद्ध भी हो गए थे। उन दोनों को तीर्थ स्थल ले जाना भी आसान ना था, अतः श्रवण कुमार ने एक युक्ति सोची एक बाँस लिया उसके दोनों ओर एक-एक डलिया बाँधी।एक ओर माता तथा दूसरी ओर पिता को बैठाकर यात्रा हेतु निकला। यात्रा के दौरान दृश्यों और स्थानों का सजीव वर्णन भी करता जाता, उसका प्रयत्न था माता-पिता के नेत्रों की कमी को मौखिक रूप से दूर करना। इस कहानी को मै यहीं तक साझा कर रही हूँ। कहानी का पात्र" श्रवण कुमार" एक चरित्र है, जिसे प्रशंसा करने में उप नाम स्वरूप लोगों व्दारा यदा-कदा प्रयोग भी होता है। मैं अनुभव कर रही हूँ, आज के युग में भी श्रवण कुमार मिलते रहते हैं।केवल रूप बदला हुआ है।आज का श्रवण कुमार, तकनीकी उन्नति काल का है। इसी लिए वह माता-पिता को बेंहगी(काँवर) में न घुमा कर, अपनी सामर्थ के अनुसार कार, टेम्पो, बस, टैक्सी, रेल, जहाज आदि-आदि से घुमाता रहता है। मुझे हाल ही में योरोप यात्रा के दौरान एक नहीं दो श्रवण कुमार देखने को मिल गए।एक बिहार का,दूसरा दक्षिण-भारत का था। दोनों अपने बूढ़े माता-पिता जिनकी आयु 75 से 80 की रही होगी, साथ में, विदेश भ्रमण के लिए आए थे।अतः आज का श्रवण कुमार सिर्फ तीर्थ स्थल ही नहीं, आपको टूरिस्ट प्लेस और इंटरटेनमेन्ट प्लेस पर भी दिख सकता है।

अविभाज्य पीड़ा

सन् 1947 में साझा लड़ाई लड़क़र आज़ादी पाने के 50 वर्ष के पश्चात, भारत पाक में बँटे भाई-भाई के मध्य पुनः उपजी कटुता, जो सन् 1997 से पनपकर 1999 में कारगिल युद्ध के रूप में उभरी, जो आज मेरे दिल के घावों को हरा कर गई। स्मृति में 31 मई सन् 1965 का भारत-पाक युद्ध का छाया चित्र, जिसके दृश्य चल चित्र की भांति मेरी आँखों के सामने से गुजरने लगते हैं। उन दिनों मेरी माँ भी कुछ समय के लिए विदेश गई थी, इसलिए मझे इस समय के लिए छात्रावास में रहना पड़ा। छात्रावास की वार्डन एक वृद्ध श्मीरी महिला थीं, जिनके वात्सल्यमय नियंत्रण हॉस्टल की लडकियों का आपस में एक घर परिवार सा माहौल बना हुआ था। आने वाली हर नई लडकियों के साथ सीनियर लडकियों का सौम्य व्यवहार के कारण, घर से दूरी का अहसास कम हो जाता था। जूनियर क्लास की लडकियां सीनियर को दीदी से सम्बोधित करती थीं। विद्यालय आने-जाने का समय अलग अलग होने के बावजूद, हम सब छुट्टी के समय में मिल बैठने, खेलने, हंसने व बोलने का समय निकाल ही लेती थीं। सब कुछ सामान्य सा चल रहा था और हंसी-खुशी का माहौल था।

इसी बीच एक दिन अचानक शाम को छात्रावास की वार्डन ने सारी लडकियों को छात्रावास के लॉन में इकट्ठा होने की सूचना जारी की। लॉन में एकत्र होने पर वार्डन ने बताया, कि भारत-पाक सीमा पर हो रही छुट-पुट गोली-बारी ने अब काफी जोर पकड़ लिया है।इसके लिए जिला प्रशासन से सावधानियाँ बरतने के आदेश आए हैं। हम लोग को भी कुछ सावधानियां लेनी हैं। जिसमें छात्रावास का चौकीदार कमरों के रोशनदान और खिलाड़ियों के पल्लों की कांच काले कागज से ढ़क देगा, जिसे तुम लोग अपने-अपने कमरों में अपने सामने करवा लेना। हल्के पावर के बल्ब लगाये जायेंगे और कमरों की

रोशनी बाहर नहीं दिखनी चाहिए।खतरे का सायरन जिस समय बजेगा अपने-अपने कमरों की लाइट बंद कर देना और कान में रुई लगा लेना।इस स्थिति में यदि सड़क पर हो तो वहाँ जमीन पर लेट जाना और कान बंद कर लेना। दुबारा सायरन खतरा टलने व सामान्य स्थिति का संकेत होगा। उन्होंने यह भी बताया था कि रात्रि में शहर के नागरिकों को सायरन बजा कर प्रैक्टिस कराई जाएगी, जिसे हम लोगों को भी करना होगा। इस सूचना से छात्रावास में अजीब सा सन्नाटा छा गया व लडकियों में एक अज्ञात भय व्याप्त हो गया। एक ओर अपने परिजनों से दूरी, दूसरी ओर ऐसा भयावह वातावरण, सब मन ही मन आँखों से एक दूसरे से एक प्रश्न कर रही थीं, क्या होने वाला है।खाने को दिल नहीं करता था, पढने में मन नहीं लग पाता था और विवशता में जो अपनों से दूर थे उनकी याद सताने लगी।

हम में से कुछ के परिवार के लोग फौज में थे। कुछ के भारत-पाक सीमावर्ती क्षेत्रों में निवास करते थे।वे सभी अपने- अपने इन सम्बंधियो के लिए विशेष रूप से चिंतित हो उठी थीं।

मेरे स्वंय के एक भाई जम्मू के तवी क्षेत्र में सेवारत थे, जिनके लिए मैं भी चिंतित हो उठी थी। उस समय दूरदर्शन नहीं था।अतः समाचार रेडियो के माध्यम से ही सुनकर मानस चित्रों में युद्ध आभासित होता था। समाचारों में जब बताया जाता था कि पाकिस्तानी चौकियों पर कब्जा करके भारतीय सैनिक आगे बढ़े तो थोड़े समय के लिए खुशी छा जाती थी।

किन्तु भारतीय सैनिकों के हताहत होने पर ग़म का माहौल हो जाता था।

छात्रावास में एक सीनियर भी थीं, जिनको मैं दीदी कहती थी।

दीदी भारतीय सैनिकों के मारे जाने की खबर से जितना रोती थीं उतना ही पाकिस्तानी सैनिकों के मारे जाने पर। हम लोगों में से यह किसी के समझ में नहीं आता था और यह असमंजस का विषय भी था।एक तो सीनियर, दूसरे निःतान्त व्यक्तिगत होने के कारण पूछना भी शालीनता के विपरीत था।

मैं सोचती थी कि शायद दीदी बहुत भावुक प्रवृत्ति की हैं, इसलिए ऐसा है। छात्रावास की कुछ लडकियां जो दीदी से पहले से ही परिचित थीं उनसे हम लोगों ने कौतूहलवश पूछा, तो पता चला दीदी के अधिकतर रिश्तेदार और परिवार के लोग तो भारतीय फौज में ही हैं, अतः भारतीय फौजियों के हताहत होने पर रोना स्वाभाविक था।परन्तु पाक फौजियों के मारे जाने पर रोना इसलिए, कि उनका निकटतम होने वाला मंगेतर व उसके रिश्तेदार पाक फौज में थे।

दीदी के परिवार वालों ने शायद ही कभी सोचा होगा, कि भारत और पाकिस्तान के मध्य जंग होगी। इसलिए भारतीय हो या पाकिस्तानी मारे जाने की खबर से ही दीदी के मन में आशंका व पीड़ा उपजती थी। जिस दिन से हम लोगों को दीदी की व्यथा का यथार्थ पता चला, हम सबकी की प्रार्थना थी कि, यह लडाई जल्द ही समाप्त हो जाये और फिर कभी ना हो।

यह यथार्थ हम सबको सोचने को मजबूर करता था, कि दीदी की तरह ना जाने कितने ही परिवार ऐसे रिश्तों से जुड़े हैं, जिन्हें युद्ध की दोहरी त्रासदी भोगनी पड़ती है।इनके लिए यह युद्ध मानवीय सम्बंधों को हर बार हरा देता है।

दीदी रोते-रोते कहती भी थीं कि, पता नहीं क्यों ये दोनों भाई(भारत-पाकिस्तान)भूल गए हैं, कि दोनों के मिलकर जंग लड़ने पर ही आज़ादी मिली थी।

कुछ दिनों बाद युद्ध धीरे- धीरे शान्त हो गया। लगता था कि एक तूफ़ान आया था, जो आकर चला गय।

परन्तु दीदी के दर्द से उपजी पीड़ा की कसक मेरे दिल के कोने में आज भी मौजूद है।

अभी यह दर्द समाप्त भी नहीं हुआ था, कि प्रमुख पत्र के मुख्य पृष्ठपर " सीमा पर पाक की फिर जबरदस्त गोली -बारी, 18 भारतीय नागरिक मरे, अन्य 30 घायलों में कई की स्थिति गम्भीर" ," भारतीय सैनिकों ने हमले का मुँहतोड़ जवाब दिया" , नियंत्रण रेखा पर पाक के लड़ाकू विमान भी दिखे।"

लगता है दीदी सिर्फ एक प्रतीक भर थीं। क्योंकि फिर शुरु हुए युद्ध में ना जाने कितनी दीदियों के लिए इस प्रकार की त्रासदी न बंटने वाली पीड़ा के रूप में बढ़ती जा रही थी।

आभा - बचपन की(एक मूर्त कहानी)

कभी-कभी जीवन में ऐसी अनजान घटनाएं घटित हो जाती हैं, जो दिल को छूती है और जीवंत कहानी बन जाती है।

मेरे फ्लैट का डायरेक्शन कुछ ऐसा है, जिसमें धूप मेरे टैरेस पर आती है, परंतु जाड़े में नहीं के बराबर।

धूप में बैठने के लिये मैं नीचे गई।

फ्लैट के पीछे की साइड में धूप काफी थी, परंतु वो चहल पहल नहीं थी, जो सामने की साइड में थी।धूप सामने के बगीचे से जा चुकी थी अब मेन गेट के इर्दगिर्द अच्छी धूप थी।मैं वहीं चेयर पर बैठ गई।

कुछ समय बाद, मैं उठकर चलने लगी, ठीक उसी समय एक स्कूल बस गेट पर आकर रुकी, बच्चे उतरने लगे।

मैं भी अपने फ्लैट की ओर वापस चली जा रही थी।

अचानक, पीछे से आ रही आन्टी-आन्टी की आवाज ने मुझे

बरबस पीछे देखने को मजबूर कर दिया, मैंने देखा एक लगभग दस साल की लड़की मेरी ओर भागती चलीआ रही है,मैंने चाल धीमी कर दी।

आते-आते बोली, आन्टी, आप मुझे बहुत अच्छी लगती हो।

मैंने मुस्कुराते हुए उसे देखा और कुछ पल सोचा, ये रेडियो के बकरा बनाने वाले प्रोग्राम का प्रत्यक्ष प्रयोग शायद मुझ पर कर रही है।

मैं मुस्कुराते हुए बोली, मैं तुम्हारी दादी की एज की हूँ?

“उसने भी बड़ी शालीनता से सिर हिला कर हामी भरी और फिर बोली लेकिन आप मुझे प्यारी लगती हो”।

मैंने कहा, फिर से मज़ाक!

क्या तुम मेरे ग्रैंडचिल्ड्रेन को जानती हो, कभी मेरे घर आई हो?”

उसने सिर हिला कर ना कह दिया।

मैने फिर से पूछा,” क्या तुम कभी अपनी मम्मी के साथ मुझसे मिली हो?”

उसने फिर ना में सिर हिलाया।

मै अचरज में थी,

फिर कब मैं इसे मिली?

मैंने पूछा, तुम्हारा नाम क्या है?

वह बोली,” आकाँक्षा”।

मैं आपके ब्लॉक में ही रहती हूं।”

मैंने कहा, तुम्हारा नाम बहुत प्यारा है”

वह बोली, क्या आप को अर्थ पता है?

मैंने जवाब दिया, इसका अर्थ है; इच्छा, दूसरा अभिलाषा।

नहीं, इंग्लिश में।

मैंने मुस्करा कर, अच्छा–अच्छा, इंग्लिश में इसे डिजायर कहते हैं। वह बड़े आश्चर्यचकित हो बोली,” आपको मालूम है!”

मैंने सोचा कि शायद अब तक, इसके मन में एक बूढ़ी और घरेलू महिला की छवि एक ऐसी होती थी, जो मैं न थी।

उसका जवाब सुनकर मन ही मन मुझे हँसी आ रही थी। मुझे लगा शायद इसके पास रहने वाली मेरी उम्र की स्त्रियों की छवि हट कर थी, अतः इसके बाल मन ने समानता महसूस कर ली। मुस्कराते हुए, मैं बोली," अच्छा तो लिफ्ट में देखा होगा"।

नहीं, बाहर कालोनी में ही आपको देखती हूँ बहुत दिनों से मैं आपको बोलना चाहती थी आज मैं कह पाई।

मैंने पूछा, तुम किस कक्षा में हो?

उसने कहा सातवीं में।

मैंने पूछा, और स्कूल का नाम? उसने जवाब दिया, " लिटिल एंजल स्कूल."

तब तक हम दोनों बातें करते हुए लिफ्ट के पास पहुँच गए।

मैंने पूछा, बेटा तुमको मैं मिली कब?

उसने कहा, फेस्टिवल के फंक्शन में बहुत बार देखा है।

लिफ्ट का गेट खुला, हम दोनों ने एन्ट्री कर ली, मैं हँस कर बोली," तो ये बात है"।

मैंने उससे कहा," जो प्यारे होते हैं,उन्हें सब प्यारे लगते हैं।"

नहीं, ऐसा नहीं है आन्टी।

तब, क्या तुमने मुझमें ऐसा पाया बिटिया रानी, और मैं हंसने लगी।

पता नहीं, आप प्यारी लगती हो, उसने जवाब दिया।

तब तक उसका फ्लोर आ गया, वह बाहर निकल गई,उसने मुझसे बाय की और लिफ्ट ऊपर चल दी।

घर आने के बाद भी, उसका कहा वाक्य," ऐसा नहीं है आन्टी" मुझे बार बार इस घटना को सोचने को मजबूर कर रहा था, उसका क्या तात्पर्य है?

मैं हैरान हो सोच रही थी, कि उसकी

दादी की उम्र की कभी व्यक्तिगत मैं उससे मिली नहीं।

ऐसा क्या पाया मुझमें, जो बहुत दिनों से मिलने को एक छोटी

सी बच्ची सोच रही थी?

सिर्फ यह कहने के लिए,

कि मैं उसे प्यारी लगती हूँ।

शायद, उस बच्चे के मन को किसी प्रकार

मुझमें वो बच्चा कभी दिखा, जो प्रत्येक व्यक्ति के मन में सदैव छुपा रहता है। जिस लिए वह मुझसे मिलने को लालायित हो रही थी, और मुझसे दोस्ती करना चाहती थी।

सिल्की

शालिनी के पति अरुण का ट्रांसफर रामपुर जिले की मिलक तहसील में हुआ था।

वहाँ पर एस. डी. एम. का बंगला खाली ना था, उन लोगों को गेस्ट हाउस में ही कुछ समय के लिए अपना बंदोबस्त करना पड़ा।

मिलक में एक ब्रिगेडियर साहब का परिवार था, ब्रिगेडियर साहब को कुत्ते पालने का शौक था। उन्होंनें विभिन्न नस्लों के कुत्ते पले हुए थे, उन्हीं में से एक कुतिया के चार-पाँच बच्चे पैदा हुए,उन्होंने अपने गार्ड से कहा," जिन आफिसर्स के यहाँ छोटे बच्चे हों, उनके घरों में कुत्ते का एक बच्चा मेरी ओर से गिफ्ट कर दो"।

शालिनी और अरुण बच्चों के साथ घूम फिर कर जब घर वापस आए देखते हैं,

एक कुत्ते का पपी घर के गेट पर बैठा हुआ है।अरुण ने गार्ड से पूछा," कुत्ते का पपी यहाँ क्यों है"?

गार्ड ने बताया," कर्नल साहब नें बच्चों के लिए भिजवाया है"।

बच्चे, खुशी से उछल पड़े।

उनकी तमन्ना जो पूर्ण हो गई।

राह चलते, कुत्ते के पपी को वो जब प्यार में उठाने की इच्छा जताते, उन्हें शालिनी व अरुण बच्चों को समझाते," तुम्हारे उठाने पर पपी की माँ समझेगी कि तुम उसके बच्चे को परेशान कर रहे हो फिर वह काटने दौड़ेगी"।

बच्चों को खुश देख कर मुसकुराते हुए शालिनी ने बच्चों से कहा, चलो, पपी तुम लोगों के साथ खेलने के लिए खुद ही आ गया है।चलो अब इसे अंदर ले चलते हैं।

पपी के घर आने से ऐसा लग रहा था, मानों बच्चों के मध्यएक नया मित्र शामिल हो गया हो।

पपी केवल सात दिन का था। उसे दूध पिलाने के लिये शालिनी ने एक दूध की बोतल बाज़ार से मंगवाई,परन्तु पपी को बोतल से दूध पिलाना आसान ना था,शालिनी को उसे गोद में लिटाकर, एक बच्चे की भाँति ही दूध पिलाना पड़ता था।

बच्चों की बचपन में इस्तेमाल की जाने वाली गद्दी और तौलिये से उसका ओढ़ने बिछाने का इंतजाम किया।एक बड़ा प्लास्टिक का तसला उसकी क्रिप(पालना) बनी, पपी के सोने की व्यवस्था हो गई।

बच्चों ने शालिनी से कहा," मम्मी इसका नाम हम लोग सिल्की रखेंगे"।

अरे वाह!

बहुत सुन्दर नाम है,शालिनी बोली।

आज से पपी सिल्की हो गया। अब इस नए मेहमान को घर के किस भाग में रखा जाएगा, बाहर बरामदे में बंदर आ जाते हैं।

गेस्ट हाउस के अंदर कहाँ रखा जाए यह सोचना होगा। शालिनी ने बच्चों से कहा एक बाथरूम को इसका कमरा बनाना होगा।समय बीतने साथ-साथ अब सिल्की धीरे-धीरे समझदार होने लगा।

कुछ समय के उपरान्त अरुण का ट्रान्सफर जिला रामपुर के सिटी मजिसट्रेट के पद पर हो गया। शालिनी रामपुर के बँगले में शिफ्ट हो गई।

यह बंगला वहाँ के नवाब साहब की कभी प्रेस बिल्डिंग रही थी, जिसके किए गए दो भागों में, एक भाग था। फिर भी बहुत बड़ा था।

दोनों बँगले की एक दीवार घर में घुसने से लेकर पूरे आँगन तक एक दम बराबर से जुड़ी हुई थी। तीन तरफ से खुला था।आँगन की दीवार एक बहुत बड़े जंगल से जुडी हुई थी,दोनों बँगलों का प्रवेश द्वार एक संयुक्त

बरामदे से था। दोनों के बंगलों के किनारों व सामने के हिस्से के बगीचे में बड़े-बड़े पेड़-पौधे थे।बँगले के सामने काफी दूर पर केवल दो सरकारी कार्यालय थे। जज साहब की बगल की दीवार से थोड़ी दूर पर एक चाय की दुकान थी।

दुकान मालिक दिन में दुकान खोलता और रात में ताला लगाकर चला जाता था, शायद उन्हीं कार्यालय के लिए ही थी, सभी दुकान उन्हीं के हिसाब से खुलती व बंद रहती। उसी तरफ एक पुरानी मस्ज़िद थी।समझ लीजिये एक जंगल में केवल दो परिवार।

सामान ट्रक से उतारा जा रहा था, बच्चे कमरों से लेकर बगीचे तक का मुआयना कर रहे थे, सिल्की भी इधर-उधर भाग दौड़ मचाए हुए था।बच्चों ने शालिनी को बताया, सिल्की अपने घर के अंदर का चक्कर मारने के साथ-साथ बाहर का भी चारों ओर बगीचे से लेकर बाहर ट्रक के आस- पास तक चक्कर लगा रहा था, जब कोई उसको हट कहता या हाथ से मारने को करता उसे जोर जोर भौंकता था।

शालिनी ने बच्चों को समझाया, तुम लोग जहाँ तक जाते हो वह भी जाता है, क्योंकि, अपने को परिवार का सदस्य समझता है, घर बदालाव का परिवर्तन उसकी समझ से परे है।

कुछ सामान घर में सज गया, कुछ दूसरे दिन के लिए छोड़ दिया।रात में सोने के लिए कमरे में बिस्तर लग गए थे। रात का खाना खाने के बाद, सब लोग अपने बिस्तर पर लेट गए, सिल्की को भी कमरे के एक कोने में जमीन पर गद्दी बिछाकर शॉल उढ़ा कर लिटा दिया। नाइट लैम्प की रोशनी में सब सो गए।

पूरा घर सज गया, बच्चों का स्कूल में दाखिला हो गया, सबकी दिनचर्या अपनी धारा में प्रवाहित होने लगी।

शालिनी घरेलू कार्यों से निपटने के बाद दोपहर में जब अपने कमरे में लेटती थी तब घर के बाहरी दरवाजे अंदर से बंद कर लेती और ड्राइंग रूम, बेड रूम, वरंडा अंदरूनी आँगन की ओर खुला रहता कोई डर ना था, सिल्की भी आज़ादी से सब जगह घूमता रहता,जब थक जाता आराम करना होता तो अपने सोने के स्थान पर कभी नहीं बैठता वह सदैव शालनी के कमरे में

दरवाजे के सामने बैठा मिलता या पलंग के ऊपर कब दबे पाँव चढ़कर पास में बेड पर लेट जाता यह मालूम न होता।

शालिनी ने महसूस किया कि उसके आकेले होने पर वह उसके आस-पास ही रहना पसंद करता, शालिनी यदि जाड़ों के मौसम में आँगन की धूप में चारपाई डाल कर लेटती तब सिल्की वहीं आँगन में आस-पास लेटा रहता।

वह हैरान थी, जब भी वह गहरी नींद सोती सदैव ही आँख खुलने पर बेड के ऊपर ही मिलता था। यह मान्यता है कि" कुत्ता स्वभाव से ही अति संरक्षित होता है"। शायद, इसी कारण जब वह खेल रहा होता तब दूर से ही संरक्षण करता। जब थकता था शालिनी इर्द-गिर्द बैठ जाता और जब सोता था तब पलंग पर चढ़ जाता। वह महसूस कर रहा था कि शालिनी घर में अकेली है।

उसको सुबह-शाम टहलाने व नहलाने के लिए शालिनी ने एक नौकर रखा जिसका नाम राम सिंह था। वह रोज़ सुबह शाम आता था।

एक बार सिल्की को नौकर राम सिंह व गार्ड नदीम खाँ के सहारे छोड़ कर पाँच-सात दिनों के लिए अरुण और शालिनी बच्चों के साथ मसूरी घूमने चले गए।

जैसे ही शालिनी और अरुण, बच्चों के साथ सिल्की से मिलने आँगन में आए," वह भागकर शालिनी के पास आया और अपने दोनो पंजों और गले को शालिनी के दोनो पैरों पर टिका कर बैठ गया"।गार्ड ने आँगन में खड़ी चारपाई(पहले बाँस व लकड़ी के चार भाग इच्छानुसार लम्बाई व चौड़ाई में काट कर, उसमें लकड़ी के मजबूत व सुन्दर चार पायों में जोड़ कर और बान से बुन देते हैं तथा इस पर किसी भी मौसम का प्रभाव नहीं होता था अतः उसका उपयोग आँगन में होता)बिछा कर शालिनी से कह," मैडम, इधर बैठ जाइए।

सिल्की को सिर पर हाथ फेरकर हटाने का प्रयास करा परन्तु वह कुनमुनाया हल्की कुछ 'ऊँ' जैसी आवाज़ निकली, परन्तु वह ना हटा।

शालनी असमंजस में हो,बोली ये तो हटे! सोचने लगी, घर के अन्य सदस्यों को छोड़,मेरे ही पैर पकड़कर क्यों बैठा है,उसे उसमें" बाल हट"

दिखा तो उसने उसे गोद में उठाया और आँगन में जाकर बैठ गई। सहसा राम सिंह आया, उसे देख वह भाग कर उसकी ओर जोर-जोर से भौंकने लगा, राम सिंह बिना उसकी ओर देखे आँगन के दरवाजे के पास कुछ उठाने लगा, सिल्की फिर उसके पास गया भौंकने लगा। अब राम सिंह बिना कुछ बोले बाहर चला गया।

सिल्की भी वापस आया उसी प्रकार फिर उसके पैर पकड़ बैठ गया।

एक पशु द्वारा, उसको कुछ बताने की अभिव्यक्ति का उसके लिए बिलकुल नई अनुभूति थी, क्योंकि उसके सामने आने वाले अन्य कर्मचारियों जैसे माली, सफाई करने वाला, गार्ड को ना भौंक कर सिर्फ राम सिंह को ही क्यों।

बच्चे बोले," मम्मी लगता है सिल्की पागल हो गया है।जैसे ही राम सिंह आता है उसे देख भौंकने लगता है"। बच्चों से शालिनी ने कहा," जानवर बोल नहीं सकता है, परन्तु सारी बातें अपनी भाव-भंगिमा और व्यवहार से व्यक्त कर देता है। हम लोगों की अनुपस्थिति में राम सिंह ने बुरा व्यवहार करा होगा।

शालिनी ने पूछा, क्या बात है राम सिंह," ये सिर्फ तुमसे ही क्यों गुस्सा दिखा रहा है?

मेमसाब, पता नही!क्यों ये मुझ को ही भौंकता है,ऐसे ही जब मैं टहलाने जाता हूँ तब तो काटने को दौड़ता है।" माली और गार्ड को कुछ नहीं बोलता है, मैं इसक इतनी सेवा करता हूँ,पता नहीं मेरे ही पीछे क्यों पड़ा रहता है।

माली और गार्ड, उसकी बातें सुन-सुनकर मुस्कुरा रहे थे।

शालिनी बोली, राम सिंह, तुमको पता नहीं है जन्म के बाद, इसकी आँखे भी नहीं खुली थीं, सिलकी मेरे पास आया था।इसको मैंने गोद में लिटा कर बोतल से दूध पिलाया है,अभी यह पूरे एक साल का भी नहीं है।इसके जन्म के बाद से मैंने' इसकी सेवा की है," मुझे क्यों नहीं भौंकता?"

तुमने ज़रूर मेरे पीठ पीछे, समय से घुमाया नहीं होगा, समय से खाना नहीं दिया होगा। देखो राम सिंह,यदि मेरा काम करने वाले समय से मेरा ना करें तो क्या होगा?

मुझे भी गुस्सा आएगा। तुम्हारी किसी बात से इसे भी कष्ट पहुँचा है इसी कारण भौंक कर तुम्हारी ही शिकायत कर रहा है। तुमने सोचा होगा, यह पशु है। तुम भूल गए कि यह पशु अवश्य है परन्तु जीव भी है।मेरी तुम्हारी भांति बातें नहीं करता है।

अपनी भाषा के इशारों में सब कुछ बता देता है।

शालिनी की बात सुन, गार्ड बोला-मैडम ने जज की तरह सब पकड़ लिया"।

गार्ड की बात सुन, माली भी मुहँ छुपा,

मुस्कुरा रहा। राम सिंह शर्म से निगाहें नीची करे खड़ा था।

शालिनी ने कहा,राम सिंह कुत्ते की वफादारी उसके खून में ही होती है।

तुम यदि बच्चे की भाँति इससे प्यार का व्यवहार करोगे, तुम्हें यह दोस्त मानेगा, जैसे घर के अन्य सदस्यों को मानता है।

जब साहब आफिस और बच्चे स्कूल चले जाते हैं तब मैं अकेली होती हूँ, ये समझ लेता है अब मैं अकेली हूँ। मेरे इर्द-गिर्द ही घूमता रहता है, मैं आराम करती हूँ सदैव पलंग के समीप आराम करता है, कभी – कभी तो जब मेरी आँख खुली, उसे बेड के ऊपर ही लेटा पाया,ऐसा क्यों?

"कभी सोचा है तुमने"?

ऐसा सिर्फ इसलिए, उसने सोचा कि उसके सोने से उसका मालिक, यानि कि मैं, तुम्हारी मैडम असुरक्षित ना होने पाएँ।

राम सिंह चलो जाओ और जो हुआ सो हुआ अब ध्यान रखना कि कभी भी बे जुबान और बे सहारा को मत सताना, शालिनी ने समझाया।

समय बीतता गया, राम सिंह और सिल्की के मध्य जो दिनचर्या थी पुनः प्रारम्भ शुरू हो गई।

कुछ दिनों बाद, राम सिंह के दिमाग में खप्त आई उसने शालिनी के छोटे बेटे सचिन, जो छः वर्ष का था,उससे कहा," भैय्या जी, आप अपने और मेरे बीच प्रतियोगिताकर लीजिए, देखते हैं सिल्की किसका कहना मानता है"।

सचिन बोला,मेरा कुत्ता है मैं इसको बहुत प्यार करता हूँ,मेरा ही कहना मनेगा। राम सिंह बोला मैं इसे घुमाने ले जाता हूँ और नहलाता हूँ, इसका सारा काम करता हूँ मेरी बात मानेगा।

अब, दोनों लोगो (सचिन व राम सिंह)के मध्य तय हुआ कि, सड़क पर बँगले के अंदर घुसने वाले दरवाज़े के सामने गार्ड के पास सिल्की खड़ा किया जायेगा और बँगले से बाहर निकलने वाले गेट पर सुमित और राम सिंह आपस में तीन-चार फिट की दूरी पर बराबर से खड़े होकर" लू" एक दूसरे की ओर बोलेंगे, गार्ड रेफ्री रहेगा।

जैसे ही गार्ड ने कहा बोलो। दोनों ने एक दूसरे की ओर हाथ द्वारा" लू" कह इशारा किया, सिल्की राम सिंह की ओर दौड़ पड़ा,तब तक दौड़ाता रहा जब तक मुहल्ले के बाहर नहीं कर दिया।जब सिल्की ने तसल्ली कर ली कि,राम सिंह को उसने अपनी सीमा के बाहर खदेड़ दिया है,धीरे से घर वापस सुमित के पास आ गया।

अब राम सिंह डरा,सहमा,छुपता–छुपाता घर वापस आया। गार्ड ने उसे, उलाहना देते हुए कहा," मैंने पहले ही तुमसे कहा था,भैय्या जी से बाजी मत लगाओ, हार जाओगे"। राम सिंह चुप था।

नयी-नयी करामातें दिखाते हुए सिल्की समझदार और बड़ा होता जा रहा था। अब सिल्की दिन में पूरे घर में टहलता रात में आंगन के तरफ वहाँ बरामदे में उसके लिए बिस्तर बिछा रहता।

बँगले के प्रवेश वाले बरामदे में रात को दो गार्ड आबिद और एज़ाज रहते थे।आबिद की रात में आठ बजे से सुबह चार बजे तक, एज़ाज की रात बारह से सुबह आठ बजे तक ड्यूटी रहती थी।

एक रात की बात है,एज़ाज के पैर में साइकिल से गिर कर चोट आ गई, अधिक चोट होने के कारण उसकी मलहम-पट्टी कराने आबिद, पास के दवाखाने में,जो रात और दिन दोनोंसमय खुला रहता था,बिना किसी को बताए चले गये। उन दोनों नेसोचा,एक घंटे में वापस आ जाएँगे। बता कर परेशान नहीं करना चाहा। सोचा," सिटी मजिस्ट्रेट के बँगले में आने की किसकी हिम्मत है"।

सिल्की कभी आँगन से जुडे कमरे के दरवाजे पर, बाहर से पंजो द्वारा खुरचता, कभी जोर-जोर पूरे आँगन में भौंकने की आवाज़ के साथ भाग-दौड़ मचा रहा था जो कि सबक बहुत सामान्यलग रहा था।कभी अहसास होता मेरे बेड रूम के लॉन की साइड की दीवार पर भी,किसी के खरोचने का अहसास होता।

थोड़ी देर बाद, लगा जज साहब के घर के अंदर से कोई दरवाजा को जोर-जोर से खट खटा रहा है।

अब यह सारा माहौल,कुछ शक में घिरने लगा, हो न हो कुछ तो गड़बड़ है।अरुण ने बाहर की कॉल बेल गार्ड को बुलाने के लिए दबाई कोई जवाब न था।

अब हम लोगों को पूरा विश्वास हो गया था कि हम लोग और जज साहब दोनों का परिवार संकट में फँसा है।

हम लोगों ने दोनों गार्ड को आवाज़ दी लेकिन कोई जवाब ना था।

जज साहब के घर के अंदर से आवाज़ आई, अरुण जी!चोरों ने बाहर से कुण्डी लगा दी है हम दोनों बाहर से बन्द हैं, आप के दोनों गार्ड मेरे नौकर को बता कर दवा लेने गए हैं, मैं आपको सतर्क करने के लिए बहुत देर से आवाज़ दे रहा हूँ।अब मामला पूरा समझ आ गया सिल्की को साथ लेकर, अब बगीचे के सामने के कमरे के दरवाजे को खोला जिसमें बाहर कुण्डी न थी, दरवाजा खुल गया, जज साहब के घर की कुण्डी खोली। सिल्की के बाहर आकर भौंकने' व भाग दौड़ मचाने से चोर डर कर भाग गए।

सिल्की के कारण हम सब बहुत सुरक्षित थे। समय गुजर रह था।

मेरी एक मामा की लड़की विमला रामपुर में थी, उनका और मेरा एक दूसरे के घर आना-जाना होता रहता था।मेरे साथ सिल्की भी जाया करता था,उनको घर का ही समझने लगा था।

विमला दीदी के बच्चे नहीं थे, उन्होंने लग-भग 15-20 प्रकार की चिड़ियाँ अलग अलग जालीदार पहिये लगे बड़े पिंजडों में पली हुई थीं। जिन्हें वो बच्चों जैसा प्यार करती थीं, सबको नहलाना, समय पर जिन चिडियों को जिस प्रकार खाना देना चाहिए देतीं। मैं जब उनके घर जाती एक-एक कर सारे पिंजडों के सामने ले जाकर मिलवाती, केवल मुझे ही नहीं सिल्की को भी साथ रखतीं, उनसे बात करतीं। चिड़ियों की प्रतिक्रिया से लगता वे सब विमला दीदी की भाषा जानती हैं।विमला दीदी के घर जाते रहने से,मेरे सिल्की ने भी, दीदी की इन चिड़ियों से दोस्ती कर ली। अब आलम यह था।जब भी हम लोग दीदी के घर जाते,सिल्की स्वयं ही आगे-आगे भाग पहले सारे पिंजडों का चक्कर लगाता,वहीं किसी पिंजड़े के सामने बैठ जाता।

कुछ समय बाद अरुण का ट्रान्फर रामपुर से नैनीताल ए. टी. आई. के लिए हो गया। हम लोगों को बताया गया ए. टी. आई. नैनीताल के मल्लीताल की ओर है, जहाँ ओक पार्क मे हम लोगों को रहना होगा।मल्ली ताल में तल्ली ताल के तुलना में बारहों मास ठंड अधिक रहती है।

जाड़ों में बर्फ इतनी गिरती है कि पूरे घर, पेड़, सड़क सब बर्फ से ढक जाते हैं,जमीन का कहीं नाम औ' निशान नहीं दिखता।

मैं सिल्की के लिए परशान हो गई, मेरे बच्चे भी छोटे थे बडे असमंजस में थी, क्या करूँ।

विमला दीदी को भी मेरे ट्रान्सफर का पता चल गया,वो मेरे घर आईं, मैंने भी उनको वहाँ की परिस्थिति में सिल्की के प्रति चिंता से अवगत कराया।

दीदी ने पूछा, कितने दिनों के लिए होगा?

कुछ नहीं पता" मैंने बताया कम से कम एक साल तो रहना ही होगा।

दीदी बोलीं,ऐसा करो जीतने दिन तुम वहाँ रहोगी सिल्की को मैं अपने साथ रख लूँगी, तुम उसकी चिंता में परेशान मत हो।

मैं बोली दीदी आपने मेरी चिंता दूर कर दी।

जब भी मेरा स्थानांतरण तराई क्षेत्र में हो जाएगा तब मैं सिल्की को वापस ले लूँगी।

कुछ दिनों के बाद हम लौग नैनीताल चले गए।

सिल्की से बिछड़ने का सबको ग़म था, सबसे अधिक बच्चों को।

कुछ समय बाद मैंने फोन द्वारा उनसे सिल्की का हाल पूछ तो दीदी बोलीं,रोज़ जब भी मौका पाता है तुम लोगों को ढूँढने तुम्हारे बँगले दोनों समय जाता है। कुछ दिनों तो मेरे घर से भाग कर तुम्हारे बँगले जाकर बैठ कर तुम्हारा इंतजार करता था, हम लोग जाकर वापस लाते तब वापस आता,यह क्रम लग- भग महीने भर रोज़ चला, धीरे-धीरे सुबह खाना खा तुम लोगों को ढूँढने बंगले तक अवश्य जाता है,अब खाना भी बहुत नखरों से खाता है,लगता है तुम लोगों को ना ढूंढ पाने से बहुत दुखी रहता है।

मैंने कहा, दीदी यहाँ का जीवन बहुत कठिन है,अगर बच्चे बीमार होते हैं तो उनको डाक्टर के पास ले जाने के लिए लोगों को एक पहाड़ी से दूसरी पहाड़ी पर जाना होता है। आज कल य़हां स्नो फॉलहो रहा है,घर की छत से लेकर दरवाज़ा खोलते ही चारों ओर बर्फ ही बर्फ है,समझ लीजिए हम लोग फ्रिज मे रह रहे हैं।

दीदी बोलीं बेटा, तुम सिल्की के लिए बिलकुल ना परेशान होना, ऐसी हालत में तुम अपना व बच्चों का ठीक से ध्यान रखना।

एक दोस्ती ऐसी भी

बात सन् 1971 और 72 की है।साजिद एक स्कूटर मैकेनिक था, जिससे मेरे पति जरूरत पड़ने पर स्कूटर की रिपेयरिंग कराते थे।

मेरे पति यदा-कदा मुझसे उसकी0 तारीफ करा करते थे।

मेरे पति तब डिग्री कालेज में प्रोफेसर थे। एक दिन साजिद को पता लगा कि मेरे पति पी. सी. एस. की परीक्षामें बैठने वाले हैं। उसने मेरे पति से अनायास ही कहा," मास्टर साहब मैं रोज़ा कभी नहीं रख पाता हूँ, इस बार हिम्मत करके आप की कामयाबी के लिए रखा है। आप ज़रूर सेलेक्ट हो जाएंगे"।

कुछ समय उपरांत रोज़े के बाद मुलाक़ात में,उसने बताया," मास्टर साहब ईद का चाँद बड़े नसीब से दिखाई देता है।मुझे चाँद दिखा, मैंने आप की कामयाबी के लिए अल्लाह से दुआ मांगी है। इंशाअल्लाह, आप ज़रूर कामयाब होंगे।

सौभाग्य से, मेरे पति का चयन भी हो गया।हम लोगों ने मंदिर में प्रसाद चढ़ाया और सबसे पहले उसे ही देने गए। एक डब्बा मिठाई का उसके परिवार के लिए भी दिया।

कुछ समय बाद मेरे पति की नैनीताल में प्रशिक्षण के उपरांत पहली पोस्टिंग उत्तर प्रदेश के जिला उन्नाव में हुई।उसे भी मेरे पति के छोटे भाई द्वारा ज्ञात हो गया, कि मास्टर साहब उन्नाव में कार्यरत हैं।

एक दिन उसका फोन मेरे पति के पास आया," मास्टर साहब, आज दुकान की साप्ताहिक बंदी है, मैं आपको देखना चाहता हूँ।क्या मैं आज आ जाऊं?

"मेरे पति ने भी हामी भर दी और कहा आ जाओ।

उन्नाव और कानपुर के मध्य अधिक दूरी ना होने के कारण वह स्कूटर द्वारा अपने छोटे भाई वाहिद के साथ पति के आफिस पहुंच गया।उसने मुझसे व मेरे बच्चों से भी मिलने की इच्छा व्यक्त की। घर आने से पहले मेरे पति ने मुझे फोन कर कहा," मैं अभी कानपुर से आए एक सरप्राइज के साथ घर आ रहा हूँ।मैंने भी हँसते हुए कहा," ठीक है आइये"।

थोड़ी देर बाद मेरे पति, साजिद व वाहिद के साथ घर आ गए।इस समय मेरे पति उन्नाव के हसनगंज के एस. डी. एम. थे। घर आ कर वो दोनों भाई बहुत प्रसन्न दिख रहे थे।मैने भी उन दोनों का खुश होकर स्वागत किया।उसे भी अहसास हो गया," कि जैसा उसने हम लोगों के बारे में सोचा था, वैसा ही पाया। उसने वाहिद की ओर देखते हुए कहा," मैंने कहा न था तुमसे"।

फिर मुझे, सम्बोधित करते हुए बोला," भाभी, वाहिद कह रहा था, मास्टर साहब अब

"एस. डी. एम." हैं, घर घुस पाओगे"? भाभी हमें पूरा भरोसा था, मास्टर साहब बदल नहीं सकते। भाभी कहने में तो छोटे मुँह बड़ी बात है, हम पढ़े लिखे नहीं हैं, लेकिन ख़ुदा जानता है, हम इंसान को दो दिन में पहचान लेते हैं।

बच्चों के साथ पूरे घर में घूम-फिर कर खुश होता रहा। लंच टाइम पर हम सबने मिल कर लंच किया। इसके उपरांत थोड़ी देर वह बच्चों से बात करता व खेलता रहा।

जब चलने लगा बोला" भाभी आप लोगों की वजह से मुझे बड़े-बड़े अफसरों के घर कैसे होते हैं, देखने को मिल रहा है। बड़े मुकद्दर से ऐसा मौका मिलता है।

"उसके ऐसा कहने पर मैं सोचने लगी, कितने निश्छल भाव से वह एक ऑफिसर का घर कैसा होता है, इस आनंद की स्वानुभूति कर रहा था।

चलते-चलते साजिद बोला, क्या बताएं भाभी, घर में (पत्नी के लिए) कह रही थीं,भाभी के पास जा रहे हो, उनसे कह देना अब,बिटिया चार महीने की हो गई है। हम ऊन भिजवा देंगे, एक बढ़िया सा सूटर बुन दें। भइया लोगन के लिए बहुत बढ़िया बुन-बुन के पहिनाती थीं, हमें बहुत अच्छे लगते थे, वैसा ही बुन दें। मैंने भी सोचा, मेरे बच्चे बड़े हो गए हैं और समय भी है तो बुन जाएगा, आखिर अपना समझकर ही कह रहा है। मैंने भी उससे कह दिया, ऊन मत भिजवाना,क्योंकि बच्चों की त्वचा बहुत कोमल होती है। बच्चों के लिए स्पेशल ऊन होते हैं, तुम रंग पूछ केबता देना।

अरे भाभी!आप जो ठीक समझें रंग ले लीजिए।

अच्छा, ठीक है हम खरीद लेंगे,तुम्हें कब तक चाहिए?

आप अपनी सहूलियत के मुताबिक़ बुन लीजिये।मैंने कहा ठीक है, जब बुन जाएगा फोन करवा दूँगी।

अब देखा जाए तो, वह एक स्कूटर मैकेनिक और मैं आफिसर।

हमारे बीच एक वर्ग का अंतर था। दूसरी बात वह मुस्लिम था। हमारे उसके बीच जाति व धर्म का भी अंतर था।इन दोनों अंतरों को तोड़ते हुए, मैंने उसमें एक अच्छा दोस्त पाया,जो हम लोग से अच्छा सम्बंध रखना चाहता था। जिसे हम लोगों ने स्वीकार कर लिया।

संयुक्त परिवार-इंटरनेट की छांव में

समाज की मानसिकता है कि आज परिवार छोटा हो गया है और दूर-दूर रहकर बिखर भी गया है।अतः अब संयुक्त परिवार नहीं है।संयुक्त परिवार की कल्पना लोगों के मन में आज भी एक ही छत के नीचे रहना है।

यह सत्य है कि परिवार का रूप छोटा हो गया है।पढ़ाई और कम्पटीशन के कारण बच्चे अपने परिवार से,शहर ही क्या, अपने देश से भी दूर हो गए।

19वीं शताब्दी और 20वीं शताब्दी के मध्य एक ऐसे काल का उद्भव हो गया था, जिसे मैं समाजोन्नति काल कह सकती हूँ।

उस काल में माता-पिता व बच्चे दोनों ही, एक दूसरे की कमी को महसूस करते थे।

बच्चों द्वारा परिवार की आर्थिक स्थिति सुधरती जा रही थी, परन्तु उनके मध्य दूरियों को कम करने का एक मात्र साधन पत्र ही था।

इस दौर को मधुशा ने भी सन् 1961 से बहुत नज़दीक से अनुभव करना प्रारम्भ कर दिया था। उसके के बड़े भाई कैनेडियन सिविल सर्विसेज मे सेलेक्ट हो, कनाडा चले गए थे। उसने माँ की मानसिक स्थिति जैसे" रात में नीद ना आने पर भाई की याद में छुप-छुप कर रोना व आँसुओं को पोंछना, अपने अन्य बच्चों से छुपाना उनके के मध्य बिलकुल सामान्य बने रहना को देखा है"।

विदेश में बात करने के लिए, आज जैसा मोबाइल ना था,घरों में लैन्डलाइन फोन प्रारम्भ हो चले थे परन्तु मँहगे होने के कारण प्रयोग विशिष्ठ व्यक्तियों के मध्य ही था, ट्रंकाल सिस्टम ही विदेशों में बात का एक मात्र साधन था,जिसका प्रयोग बहुत जटिल था। आम जीवन में इसका उपयोग अति आवश्यक्ता में ही होता था। यह समय वास्तव मे माता पिता व बच्चों के मध्य उन्नति के लिए दूरियाँ सहन करने का बहुत कठिन दौर था।

आज मधुशा महसूस कर रही थी, माँ की जेनरेशन के बाद उसकी जेनरेशन में माता-पिता व बच्चों के मध्य, फिर से परिवारिक बदलाव दिखना प्रारम्भ हो गए हैं।

ऐसा प्रतीत होने लगा कि," विज्ञान" भी समाज के बिखराव की त्रासदी को महसूस कर रहा था। उसने एक बार फिर से अपने माध्यमों द्वारा हमारे बिखरे परिवार को संयुक्त करने का प्रयास करना प्रारम्भ कर दिया।

जैसे-जैसे 20वीं सदी की ओर हम बढ़ते गए, विज्ञान ने भी, एक के बाद एक, नए-नए माध्यमों द्वारा इन दूरियों को कम करना प्रारम्भ कर दिया। घर-घर फोन की सुविधा हो गई, बच्चों और माता-पिता के मध्य एक दूसरे से वार्तालाप कर दूरियों को कम कर दिया। धीरे-धीरे उसकी जेनरेशन से अपने बच्चों की जेनरेशन तक के सफर के मध्य विज्ञान ने समाज को कम्प्यूटर दिया। सुदूर बसे परिवारों की दूरियों को कम कर आमने सामने बैठाने के लिए स्काइप की एक छत ऐसी बना दी जिसके तले बैठकर माता-पिता सुदूर बसे बच्चों के साथ भी सारी खुशियों का आदान-प्रदान साथ मिल कर सकें।

मैं मधुशा से मिलने ऊसके घर गई,उसने प्लेट में केक का एक पीस रख मुझे पकड़ाया, लो नैना(मधुशा की पोती) के जन्मदिन का केक खाओ।

मैं विसमित हो बोली,अरे !" अमेरिका से कैसे आ गया"?

मधुशा बताने लगी," आयूष" (मधुशा का बड़ा बेटा)ने नयना का तीसरा जन्मदिन मेरे साथ मनाया है।

इन शब्दों के व्यक्त करने में मधुशा के चेहरे पर जो खुशी छलक रही थी, उसकी अभिव्यक्ति करने के लिए मेरे पास शब्द नही हैं, केवल अनुभव ही करा सकती थी।मैंने भी उसकी खुशियों में शामिल हो मुस्कुराते व आश्चर्य भाव से परिपूर्ण हो पूछा,

"कैसे मधुशा"?

मधुशा बताने लगी," जिस प्रकार परिवर के सदस्य मोबाइल द्वारा एक दूसरे के साथ वीडिओ चैटिंग करते हैं,उसी पकार कम्प्यूटर की मदद से स्काइप तले,मैंने भी भारत व अमेरिका की दूरी समाप्त कर दी, बच्चों के सामने बैठ कर साथ-साथ, जन्मदिन का गान गाया, नैना ने केक काटा।

मैंने भी दो दिन पहले ही नैना से पूछ कर उसकी ही पसंद का गुलाबी गुलाबोंसे सजा केक मंगवाया था, जिसको हम लोगों ने भारत में साथ-साथ काटा, इस प्रकार" मैं भी यहाँ से सपरिवार शामिल थी" कह खिलखिला कर हँसने लगी।

मधुशा का मँझला बेटा सलिल अमेरिका में पोस्टेड था।

जब शशाँक(सलिल का बेटा) पैदा हुआ था। उसके पैदा होने की खुशी में,मधुशा ने अपने घर कथा करवाई थी।जिसमें अमेरिका में स्काइप की सहायता से, मधुशा के दोनों बेटों के परिवार अमेरिका से स्काइप को माध्यम बना,भारत में अपने मम्मी-पापा के साथ शामिल हो कथा सुनी।

कथा में सम्मलित मधुशा के घर आए मेहमानों की मुलाकात आयुश व सलिल के परवारों से भी हो गई।

इन दोनों घटनाओं से साफ झलक रहा है कि परिवार दूर रहकर मी आपस में इमोशनली जुड़े थे,इसी लिए पास आने के साधन ढूँढ ही लिए।जैसे-जैसे बच्चों की जेनरेशन का सफर आगे बढ़ता जा रहा था, विज्ञान भी परिवारों को पास लाने की ठान चुका था,इसी क्रम मे उसने, ऑन लाइन सर्विसेज को खोज समाज के मध्य रख दी।

ऑन लाइन सर्विसेज - ने दूर बसे परिवारों के मध्य प्यार व संवेदनाओं को व्यक्त करने का नायाब तरीका प्रदान किया।

अब प्रमुख अवसरों पर परिवार एक दूसरे को मिठाइयाँ, गिफ्ट आइटम व कार्ड भेज कर प्यार व संवेदनाओं की अभिव्यक्ति करने लगा।इसके द्वारा समाज में आपसी सौहार्द और बढ़ गया।

मधुशा बता रही थी," इस वर्ष संयोग से पवन(मधुशा का छोटा बेटा) का परिवार और सलिल का परिवार जब उसके घर पर ही थे, तब पवन का जन्मदिन भी इसी बीच। उसका बड़ा बेटा आयूषपरिवार सहित बैंगलोर में थे। आयूष की बेटी नयना ने,अपने चाचा को जन्मदिन विश कर साथ ही साथ पार्टी में साथ न खा सकने का दुख भी ज़ाहिर करा। पवन तुरंत बोला, नयना हम लोग टाइम फिक्स करके, साथ साथ केक काटेंगे,उसके बाद एक जैसा खाना भी साथ -साथ खाएंगे,।साथ ही साथ मधुशा ने आश्चर्य से बताया, ऑन लाइन सर्विसेज की मदद

से पवन ने एक जैसे केक,पीज़ा व कोल्ड ड्रिंक का आर्डर मेरे घर बैठे कर दिया। कम्प्यूटर की मदद से स्काइप द्वारा सबने साथ खुशी मनाई।

मैंने मधुशा से कहा,सुना है कि अब एक देश का मरीज दूसर देश के डॉक्टर से राय लेकर इलाज भी करते हैं। मधुशा ने मुझसे कह कहा,तुम ठीक कह रही हो ममता आज पहले की तरह मनीआर्डर वाला चक्कर नहीं रहा, मदद मिलने में 15-16 दिन लग जाते थे।

आज बैंक सर्विसेज़ ने भी क्रेडिट कार्ड,नेट बैंकिंग द्वारापैसों का आदान-प्रदान सहज कर दिया है। अब कोई दुनिया के किसी भी कोने में हो, परिवार को ज़रूरत होने पर तुरन्त मदद कर सकते हैं।इसी प्रकार आज मेडिकल सर्विसेज़ में भी स्काइप द्वाराएक देश का डाक्टर दूसरे देश में बैठे डाक्टर से सलाह मशवरा कर लेते हैं। अतः दूर देश से भी बच्चे इस व्यवस्था से अपने परिवार के बीमार सदस्य के इलाज के बारे में, दोनों देशों के डाक्टर के मध्य वार्तालप करवा कर अपने मन की शंकाओं का समाधान कर लेते हैं। इस प्रकार वे घर से दूर रहने पर भी मानसिक व आर्थिक रूप से अपने परिवर के साथ खड़े रहने का संतोष प्राप्त कर लेते हैं।

मधुशा ने बताया,मेरे भाई भारत में थे उनका बेटा अमेरिका में था। एक दिन अचानक मेरे भाई गिर गए और कोमा में चले गए। उनका हॉस्पिटल में इलाज चालू हो गया। उनका बेटा भी अमेरिका से आ गया। कुछ समय यहाँ रहा। अमेरिका वापस जाकर वहाँ के डाक्टर से, यहाँ के डाक्टर से कांफ्रेंसिंग द्वारा चल रहे इलाज की शंकाओं का समाधान किया।

अपने पिता के लिए एक पुरुष नर्सका प्रबन्ध किया जो उनका पूर काम उसकी माँ के सुपरविज़न में करता था।पिता को बिस्तर पर लेटे-लेटे बेड सोर ना हो जाए,उनके लिए स्पेशल गद्दा अमेरिका से भेजा। उनकी सेवा में इस्तेमाल होने वाला सभी समान तथा दवाएं जो यहाँ नही मिलती थीं अमेरिका से भेजता था।इस प्रकार उनका बेटा दूर रह कर भी, अपने परिवार के साथ मानसिक व आर्थिक रूप से साथ खड़ा रहा।

अतः जहाँ तक मैं समझ पा रही हूँ, आज के संयुक्त परिवार में आज भी हम पूर्ण रूप से ही है। दूर-दूर बसना परिवार की अपनी एक वास्तविक मजबूरियाँ हैं।

इस परिवर्तन को मैं बहुत नज़दीक से अनुभव कर रही हूँ।

अतः मेरा मानना है कि विज्ञान के सहयोग से संयुक्त परिवार नए रूप में वापस आ गए है।

आज के संयुक्त परिवार का रूप बदल गया है। बच्चे व माता पिता साइन्टिफिकली एक साथ स्काइप की छत के नीचे सारे त्योहार,सबके जन्मदिन और सालगिरह एक साथ मनाते हैं।इन सारे अवसरों में कोरियर सर्विसेज़ द्वारा गिफ्ट व ऑनलाइन ऑर्डर करके, क्रेडिट कार्ड द्वारा पेमेन्ट कर खाने का सामान भी एक दूसरे के पास भेजते रहते हैं। परिवार में आज भी भावनात्मक आदान प्रदान पहले की ही भाँति नज़र आता है। परिवार दूर रह कर भी सुख-दुख में आज भी साथ-साथ हैं।